サミュエル・ジョンソン 著
Samuel Johnson

ミルトン伝・スウィフト伝

（「イギリス詩人伝」より）

Milton・Swift（from“The Live of the Poets”）

マテーシス 古典翻訳シリーズ XIV

高橋昌久 訳

風詠社

目次

凡例

一．本書はサミュエル・ジョンソン（1709-1784）による Samuel Johnson, *The Live of the Poets*, Oxford University Press, Revised Version, Kindle Edition, 2009. より "Milton"、"Swift"、"Gray" の三編を抜粋し、高橋昌久氏が翻訳したものである。

二．表紙の装丁は川端美幸氏による。

三．小社の刊行物では、外国語からカタカナに置換する際、原則として現地の現代語の発音に沿って記載している。ただし、古代ギリシアの文物は訳者の意向に沿って古典語の発音で記載している。

四．「訳者序文」の前の文言は、訳者が挿入したものである。

五．本書は京緑社の kindle 版第五版に基づいている。

Unter allen Künsten behauptet die Dichtkunst den obersten Rang.

« Kritik der Urteilskraft » Immanuel Kant

あらゆる芸術の中で詩の芸術がその最高峰に位置する。

『判断力批判』 イマヌエル・カント

訳者序文

『イギリス詩人伝』はモームの『読書案内』で取り上げられている本の一冊であった。そこに挙げられていて、なおかつマイナーなものについてできる限り訳していこうと思っていたが、本書で取り上げられている詩人はなにぶん多数ありとても全部訳せるものではない。また、基本的に取り上げられている人物は日本人の文学通の人ですら知らないのが多数である（私も大半は聞いたこともなかった）。なので『失楽園』で著名なジョン・ミルトン並びに『ガリヴァー旅行記』で著名なジョナサン・スウィフト、そして分量が短く知る人は知っている『墓地に寄せるエレジー』の作者であるトマス・グレイの三人を訳すにあたった。

取り上げられている人物の知名度を別にすれば、本作は伝記としては模範的な完成度を有すると私は思っている。作者の生涯を分かりやすくまとめ上げ、微に入らない程度に詳しく描いている。過度に持ち上げることも貶すこともなく、できる限り客観的に描いていこうとする姿勢が感じ取られる。作品の論考については、専門的な知識やかなりの詳細に踏み込んではいるものの、私はまだ許容範囲内にあると感じた。本作ではミルトンについては有名作『失楽園』は相応に考察されているが、スウィフトはまだ文学的評価が定まっていなかったのか、『ガリヴァー旅行記』はほとんど言及されていない。そして両者とも今ではもう全く読まれないどころか触れられることもないような作品についてもスポットライトを当てている。そういう作品についての言及を今の読者が読んでも退屈を覚えるだろうが、他方でそれらの作家の新たな視野がみられるかもしれない。

完成度そのものとしては申し分ないが、やはり現代からすれば「知名度」が本書を楽しむための妨げとなる。ミルトンですら『失楽園』の作者としては知られているもののその作品を実際に読み、相応の愛着を持っている者はやはり日本人では少ないだろう。スウィフトはまだ『ガリヴァー旅行記』は読まれているだろうが、その言及がわずかな本作を楽しめるかどうか分からない。ただ繰り返すが伝記の出来そのものは秀逸であるので、何かしらの楽しみと知見を読む者が得られればと思うばかりである。

高橋　昌久

ジョン・ミルトン

John Milton

ミルトンの生涯についてはすでに沢山書かれていて、しかも重箱の隅をつつくように事細かく書かれているものだから、私としてはフェントン氏の出来の良い抄版[1]に多少の注釈を付け加えるだけでも十分だと判断するべきだったかもしれない。だが本書の形式を統一する必要性も鑑みて、新たに記述を書き起こすべきと私は考えるに至った。

ジョン・ミルトンはオックスフォードシャーのテームの近くにあるミルトン村の領主を祖先とする紳士として生まれた。薔薇戦争においてヨーク家とランカスター家が相争っていた時に祖先の一人がその地所を没収されていた。その人がどちら側の陣営についていたのか私は知らない。だがその人の子孫であるジョン・ミルトンは白薔薇への敬意は何一つ承継しなかったことだけは確かである。彼の祖父であるジョンは、ショットオーヴァーの森の番人であった。熱心なカトリック教徒でもあり、祖先たちの宗教を破棄したことから息子を勘当したのだった。

父の名前もジョンであったが、勘当された身であり親の助けがなかった故に、生きていくために公証人の職に就いたのであった。音楽において卓越した技能を持ち合わせていて、彼の作曲した曲の多くは今なお現存している。そして本職での評判もよく、富も築いていき、最終的には地所へと隠遁していった。最も優れたラテン語の詩の中の一つで息子が自分に呼びかけていることから、古典文学においても平均水準以上に精通していただろう。父のジョンはウェールズ人の家系のカストンという名前の女性と結婚して、それで子供を二人儲けた。一人は詩人ジョンであり、もう一人のクリストファーは法学の道へと進み、それの教えるところにより王党派の立場をとった。それによってしばし迫害を受けることもあったが、兄の助けによりなんとか平穏な暮らしを続けることができ、法律業務を立派にこなすことができて、ジェームズ二世が王位に就いた直後、ナイトとしての称号を授与され、判事としての職務についた。だが仕事を続けるには体が衰弱してきていたため、何か名誉を汚すようなことをしなければいけなくなる前に、隠遁生活に入った。

同じく、父ジョンにはアンという娘もいたが、大法官庁国璽部の次官にまで昇進したシュルーズベリー出身のエドワード・フィリップスと彼女は相応の財産を以て結婚した。そして彼女は二人の息子、ジョンとエドワードを儲けたが、この二人は詩人から教育を施され、ジョンの家庭内での生活態度の唯一といっていいくらいの信頼できる証拠を残していったのであった。

詩人ジョンは、一六〇八年十二月九日の朝の六時から七時までの間に、ブレッド通りにある翼を広げている鷲を標識とする父の家において生まれた。彼の父は、自分の息子に対してとても教育熱心であったように思われる。というのも家庭教師として後にハンブルクの英国商人付きの牧師となるトーマス・ヤングが最初ついていたからである。そしてその生徒が「哀歌」式の書簡詩として取り扱うにふさわしいと看做したことを鑑みれば、優れた人物であると看做す

1　エリヤ・フェントン（Elijah Fenton, 1683-1730）による『ジョン・ミルトンの生涯』（The life of John Milton）のことか。

のは正当であると言えよう。

ジョンはそれからセイントポール・スクールへと送られ、グリル氏に教育されることになる。そして十六歳になるとすぐにケンブリッジ大学のクライストカレッジへと行き、一六二四年二月十二日に給費生として入学した。

その時の彼は、ラテン語に非常に卓越していた。彼の最初期の詩作において自分でその日付を入れているが、それは学識あるポリツィアーノ[2]の自己顕示の例に倣ったものであり、自分のラテン語の早熟ぶりを後世に知られるために誇示しようとしたかのようである。だが彼の早熟な創作力を凌駕するものは、同じ年代のエイブラハム・カウリー[3]を筆頭に多数見受けられる。ミルトンの若年時代における知的能力に関して評価するのは難しい。ミルトンの初期のエッセイを凌駕するだけの力量を持ってはいても、『失楽園』のような作品水準にまで達することができなかった人はいくらでもいる。

十六歳以前の作品を、彼は全て自分が十五歳の時の作品としているが、その中において、『詩篇』の一一四編と一三六編の翻訳や韻文化がある。それを世間に見せるだけの価値があると彼は考えてはいたが、そこにはその後のミルトンの才能を期待させるものは何もない。確かに学校で誉められたりはするだろうが、驚異的なものを感じさせるわけでもない。

彼のエレジー風の詩の多くは十八歳の時に書かれたようだが、その時までに彼はローマの作家の作品をとても注意深く読み込んだかのように思われる。私はかつて、ポリュビオスの翻訳者であるハンプトン氏[4]が、文芸復興以来にラテン語の詩行を古典的な洗練さを以て書くにあたって、英国人の中で最高級の力量を持っていたのがミルトンであると述べるのを聞いたことがあり、私もそれに同感である。この意見に対して反駁できるだけの人物がいたとしても、その数はごくわずかである。エリザベス時代の光栄を具現化するアスカム[5]とハドン[6]が思い浮かぶが、彼らは確かに散文では卓越していたとしても、詩になると目も当てられない様である。ミルトンのエレジー以前について注目を払うべきものに目を向けるとするならば、それはおそらくアラバスターによるラテン語悲劇『ロクサーナ』[7]になるかもしれない。

2　Angelo Poliziano (1454-1494): 十五世紀イタリアの人文主義者。ルネサンス期に活躍し、ホメロスの詩をイタリア語に翻訳した。

3　Abraham Cowley (1618-1667): 十七世紀イギリスの詩人、劇作家。王党派の詩人であったため、王政復古前は一時パリに亡命していたが、復古後に戻り、活躍した。代表作に『詩集』などがある。

4　James Hampton (1721–1778): 十八世紀イギリスの聖職者。本文に記載のとおりポリュビオスの翻訳者として知られている。

5　Roger Ascham (1515-1568): 十六世紀イギリスの人文主義者。ギリシア語の講師となり、王女エリザベスの個人教師となった。古典の重要性を説いたことで知られている。

6　Walter Haddon (1515–1572): 十六世紀イギリスの弁護士。エリザベス治世において活躍し、大学の業務に深く関わった。脚注五のアスカムとは友人でもあった。

7　Roxana: 十六世紀から十七世紀のイギリスの詩人ウィリアム・アラバスター (William Alabaster, 1567-1640) によって一五九五年に書かれた悲劇。セネカの作品を元にしている。

これらの作品は大学の必修課題であったわけだが、ミルトンがもっと年齢を重ねてから出版されたものもある。それらが賞賛されたことは疑いの余地がない。というのもそのような力量を示す作品を書けるものは滅多にいなかったからである。だが大学においては格別に好まれていたというわけではないことを伺わせることもないではない。彼が特別研究員の地位を得られなかったことは間違いない。だが彼が冷酷に取り扱われたことは、単によくないと表現するだけでは足りない。私としては、ミルトンほどオックスフォードとケンブリッジの両大学で公衆の面前で体罰を受けることとは無縁な人物だと考えているが、それは実際に真実であり、それゆえに言及しなければならないことは自分にとって恥を感じてしまうくらいだ。

敵意に満ちた議論相手から彼は退学処分を受けたと非難されたことがある。ミルトン自身はこのことを強い姿勢で否定し、実際に真実ではないことは明らかである。だがディオダディに寄せた詩から判断してみれば、停学処分は喰らったようで、それによって地方へと一学期分の一時的な謹慎生活をさせられたこともやはり真実であるようだ。

Me tenet urbs, reflua quam Thamesis alluit unda, Meque nec invitum patria dulcis habet. Jam nec arundiferum mihi cura revisere Camum, Nec dudum vetiti me laris angit amor. Nec duri libet usque minas perferre magistri, Caeteraque ingenio non subeunda meo. Si sit hoc exilium patrios adiise penates, Et vacuum curis otia grata sequi, Non ego vel profugi nomen sortemve recuso, Laetus et exilii conditione fruor.

「vetiti laris」という単語において、確かに情愛と尊敬の念は込められてはいるが、それでも自分の排除された住処という意味合いを見出せないことは不可能であり、また、「exilii」という単語も亡命生活として解釈する以外考えられないのである。さらに「厳格な教官による恫喝やその他の、彼にはとても耐えられないようなこと」に忍従することにうんざりしていることもまた明言している。恫喝以上のものときては、おそらくそれは懲罰であっただろう。同様にこの亡命生活を綴るこの詩において、その亡命がずっと続くものではなかったことも明示している。というのも結尾において五日はケンブリッジに戻ることを決意しているからである。そしてその亡命生活の記憶をこうして自発的に詩として書き残していることから、亡命となった原因は彼にとっては恥ずべきものがあったわけではないことが推測される。

世間一般の学位は両方とも取得した。つまり一六二八年には学士号を、一六三二年には修士号を取得した。だが大学に対しては情愛の念をなんら持つことなく去っていった。その原因は明確にはなっていないが、無分別な教官たちによりきつい扱いか、あるいは大学のやり方に従おうとしない批判精神によって疎外感を味わっていたのだろう。その影響は彼の作品に表れていて、ハートリブに宛てた教育論では、大学アカデミーでの教育方法全てを入れ替え、文法学習から始まり古典文学への勉学に充てて、「いわゆる人文学の修士（master）であり達人（master）になるまで続ける」べきとしている。また不信仰者を教会から追い出すことと論じた際に、その最善の方法は「迷信じみたことに利用された故に土地を没収したことによって得られた利益は、全国の言語と学芸を教えている学校機関に対して充てられるべきである。それによって若者の生徒たちは学識を蓄えてしっかりとした職業に就くことができるようになる。そして自活できるようになった者は、十分の一税が免除されて、上述した土地没収の利益も用いて優れた牧師になることもできるであろう」と創意工夫に富みつつ提案している。

大学アカデミーの反対した理由の一つは、教会の職に就こうとしていた人が劇を演じることが許されていた点にある。「聖職者であるはずのその手足を悶えさせたりくねくねさせたりして、トリカンロや道化、売春婦の女将の滑稽だったり相手を騙すような仕草をしつつ、ありついたあるいはありつけそうな聖職者としての地位のために、宮廷人や宮廷の貴婦人、宮内官やフランス風のお嬢さんたちの目に恥を晒しつつ楽しませるのは言語道断だ」としている。

この言い方は彼にとって随分と理性に反するものといえよう。というのも大学から追放された結果、劇によって味わった喜びを償いとして相応に味わったことを大いに誇示するように言及していたからである。それ故、彼としては、劇というのは大学の人たちによって演じられた時だけ犯罪になるらしい。

教会の職に就くことを目的として大学へと入学したのだが、次第に考えを変えていった。というのも聖職者になろうとする人は「奴隷となることを承認して、誓いを立てなければならないが、それによって良心が嘔吐を催すことがなかったら、それは偽の誓いに他ならない」ときっぱりと言って、隷属と偽証によって人前で話す職務を得るくらいなら無罪の沈黙を好むと考えたからであった。

こういった表明は、教会の箇条に同意することを念頭においていたのであろうが、それ以上に教会法が求める服従について言及していると言えるだろう。教会の箇条のいずれもが彼の考えと対立するようなものとは思えず、どうも教会法にしろ市民法にしろ、そのために我が身を服従させることはミルトンを憤慨させるに十分だったようである。

聖職者に従事することに嫌気を抱きつつもまだ完全に拒絶するだけの決心をしていなかったことは、彼の友人の一人に宛てた手紙から窺える。友人は目標を定めぬまま決断を先に引き延ばすような人生を送っているミルトンを非難していて、そう思った原因は彼の飽くことのない好奇心と多種多様で現実離れすらしている豊富な知識に基づいているようだ。この非難に対してミルトンは冷静で尤もらしい答えを認めている。つまり、いつまでも進路を引き延ばしているのは散漫な学習に現を抜かしているからではなく、自分の職務に対しての適性をもっと深めるための欲求からくるものだ、としている。さらに彼は続けて「遅れていることを気にかけることなく、自分の適性を深めるための利をもたらしてくれる」としている。

ミルトンは大学を卒業すると父のところに戻り、バッキンガムシャーにあるホートンにおいて父と一緒に五年間過ごした。その期間にギリシアとローマの作家全員の作品を読破したとされている。どれだけ広範に読んだかを知るための判断は誰が提供してくれるだろう？これまでに多読をした人物なら、彼は他には何もしなかったものと思われるかもしれない。だがミルトンは仮面劇『コウマス』を書き上げて、その作品は一六三四年に当時のウェールズ総督の邸宅であったラドロウ城において上演され、ブリッジウォーター伯爵の令息と令嬢によって演じられるという光栄にあずかった。この創作はホメロスのキルケに基づいている。だが現代においてホメロスから借用してはいけないという決まりはどこにもない。

"a quo ceu fonte perenni Vatum Pieriis ora rigantur aquis."

彼の次の作品は『リシダス』であり、エリザベス女王、ジェームズ一世、チャールズ一世の治世においてアイルランドの総督補佐を務めたサー・ジョン・キングの息子エドワード・キング氏の死を悼んで一六三七年に書かれたエレジーである。キング氏はケンブリッジにおいて人気があったようで、才人たちの多数が彼の記憶を偲んで彼に詩を捧げた。長い詩行と短い詩行がトスカーナ風の詩の規則に従う形で混合していることから、ミルトンはイタリアの作家に関しても造詣が深いことが分かる。そしてその中のいくつかの行から教会が衰退していくことを仄めかしているようにも解釈できることから、彼が教会に対しても反感を抱いていたことも分かる。

この頃に彼は『アルカディアの人々』という作品も書いたようだ。ホートンに住んでいた頃、彼は時々時間を見つけては書斎から離れて、数日間ダービー伯爵未亡人の邸宅があり『アルカディアの人々』が娯楽用の劇の一部として上演されていたヘアフィールドへと出向いた。

彼はそろそろ田舎の生活にも飽き飽きし始めた頃で、法曹学院にも籍を置こうかと考え始めていた。そして母が死去したことにより旅行に出ようとした。父もそれに同意して、サー・ヘンリー・ウットンの紹介状を「考えはしっかり、見るのはゆったり」という有名で知恵に富んだ格言と共にもらった。

一六三八年、彼はイングランドを去ってまずはパリへと向かった。そこではスクードモー卿の計らいによって、スウェーデンの王女クリスティーナの大使としてフランス宮廷に滞在していたグロティウスと面会する機会を得た。パリからは急いでイタリアへと向かった。彼はイタリア語とその文学を格別な熱意をもって学んでいて、本来はすぐにその国を急ぎ足で去っていくつもりだったが、結局フィレンツェに二ヶ月間滞在することとなった。そこでは学者仲間と知り合うようになり、自分の作品が喝采を以て迎え入れられたので、自分の考えに大いに自信をもち、「私の人生の一部を成すというべき努力と多大な勤勉に対して、生まれつきの強い素質も加われば、後世の人々が失くすのを惜しむような作品を何か書き残すことができるかもしれない」という希望を抱くに至った。

どの作品においても、優れた才能にはたいてい付きものである尊大で確固たる自信を彼自身においてみなぎらせており、さらに他人を幾分か軽蔑しているのも読み取れるようだ。これほどたくさんの作品を書きながら、他者を褒めないというのは滅多にないからだ。彼は称賛に関しては節約家なのである。称賛するための敷居を高く設定して、それに自分の名前を出せばわざわざ称賛するという時間を無駄にすることもなく、また忘れ去られることもないと考えていたのである。

フィレンツェにおいて自分の称賛を格別なものにしたかったことは違いあるまい。カルロ・ダティは仰々しく格調高い様式で、賛辞的な碑文を提供してくれた。フランチーニは彼に対して頌歌を書いた。だがその最初の連は単なる空虚な雑音に過ぎないし、他もまたあまりに平凡な話題を取り扱い過ぎている。だが最後の箇所は自然で美しい。

フィレンツェからはシエナへと向かい、そしてシエナからはローマへと向かった。そこで彼は学識ある人たちや位の偉い人たちから好意を以て受け入れられた。ヴァチカン図書館の館長であるホルステニウスは、オックスフォードに三年ほど住んだ経験があるので、ミルトンをバルベリーニ枢機卿に紹介した。そして彼は音楽会も催された接待において、彼をドアの入り口まで迎えに行き、ミルトンの手を持って家での集いまで案内してくれた。ここではセルヴァッジが対句で、サルシッリが四行詩で彼を賛辞した。とはいえ両方の作品には大した価値はなかった。この文学的取引において儲けを得たのはイタリア人の方であった。ミルトンがサルシッリに対してお返しとして絶賛した詩は、厳格な文法学者なら厳しい批評を下すこともあるだろうが、明らかにミルトンの卓越した技法を示していた。

二人のイタリア人への批評は低いものではあったが、自分の詩作の前に公にみせるだけの誇りは持っていた。「non tam de se, quam supra se」と彼は言ったが、実際本気でそう思っていたかどうかは疑わしい。

フィレンツェと同様にローマでは、二ヶ月間しか滞在しなかった。とはいえ、案内者と一緒に昔の遺物や、名所や絵画巡りをするには十分な時間ではもちろんあった。だが学問、政治、風習について省察するには無論あまりにも短すぎた。

ローマからは隠者を一人連れてナポリへと行った。その連れは重要な人物ではもちろんないが、その隠者のおかげで以前はタッソ[8]の庇護者であったヴィラ侯マンソー[9]と面会することがで

8　Torquato Tasso (1544-1595): 十六世紀イタリアの叙事詩人。父も詩人であった。代表作に牧歌劇『アミンタ』などがある。

9　Giovanni Battista Manso (1570-1645): 十六世紀から十七世紀イタリアの貴族。芸術家のパトロンとしても知られ、脚注八のタッソもその一人であった。のちに彼についての伝記も著している。

きたのであった。マンソーはミルトンの教養学識について大いに喜びを覚え、出来は粗末なものの二行詩を彼に贈って、ミルトンの信仰を除き全ての点において称賛した。そしてそのお返しとしてミルトンはマンソー氏を題材にしたラテン語詩を送ったが、これはイングランド的な気品と文学に対する高い評価をもたらしたに違いない。

ミルトンの次の目的はシチリアとギリシアであった。だが、母国で国王と議会が争っているということを耳にして、自国民たちが自分達の権利のために戦っているのであるから、外国での楽しみに現を抜かすよりも早めに帰国した方がいいと考えた。ミルトンは宗教に対して好き放題に話していて、そんな彼に対してイエズス会の連中が策謀を巡らせていると商人たちが彼に報せを与えたが、それでもなお彼はローマへと引き返した。危険はないと察知するだけの直感力を持っていたので、議論をふっかけることも避けることもなく、行った時の道と同じような振る舞いで道を戻っていった。もしかすると、哲学的異端としての取り調べとして囚われた状態にあったガリレオと面会したことにより、幾分か反感を食らったのかもしれない。そしてナポリにおいてマンソー氏が、本来ならもっと厚遇されるはずなのに宗教的な問題についてかなりキッパリと意見を口にすることから然るべき待遇を受けなかったという旨をミルトンに伝えたのであった。だがミルトンのはっきりとした言い分は、人々の気分を良くすることはないだろうが、それでも危険をもたらすには程遠いものであった。そしてミルトンはローマに二ヶ月間さらに滞在して、危害を加えられることもなくフィレンツェへと向かった。

フィレンツェからはルッカ[10]へと向かった。それからヴェネツィアへと向かった。そして集めた楽譜やその他の本を送ってから、ジュネーヴへと旅した。その大都市ではそこを正統派の街だと看做したことであろう。そこで自分の故郷にいるように身を休ませ、ジョヴァンニ・ディオダティ[11]とフリードリヒ・シュパンハイム[12]という二人の学識ある神学教授たちと知り合った。ジュネーヴからはフランスへと向かった。そして一年と三ヶ月の不在の後、故郷へと戻ってきたのであった。

彼が帰ってくると、自分の友人のチャールズ・ディオダティの死の知らせを聞いた。ミルトンが彼に対して『ダモン墓碑銘』という題の詩を書くだけの価値を持っていると看做したところを鑑みると、多大な価値を有した人間であったと考えてもいいだろう。だがその内容は平俗的で子供っぽく、田園生活の模倣に過ぎない。

そしてミルトンはセントブライズ・チャーチャードにいる仕立て屋ラッセルの家を借りて、姉の二人の息子であるジョンとエドワード・フィリップスの教育を引き受けた。その部屋は小

10　Lucca: イタリア、トスカーナ州北西部のコムーネ。プッチーニの出身地として知られている。

11　Giovanni Diodati (1576-1649): 十六世紀から十七世紀のカルヴァン主義者。ジュネーヴに生まれ、聖書をイタリア語に翻訳した。

12　Friedrich Spanheim (1600-1649): 十七世紀のカルヴァン主義者。一六四二年にはライデン大学で神学教授を務めており、その少し前にジュネーヴにおいて哲学や進学の教授を務めていた。

さ過ぎると判断したので、オールダーズゲイト・ストリートにある家と庭を借りたが、そこは今ほど発展していたわけではなかった。通りの一番奥にある場所を住処として選び、それによって通りの人々の喧騒を避けられるかもしれないと考えた。そこではさらに多くの少年たちを受け入れ、彼らを下宿させ教育させた。

ミルトンは私たちが尊敬を払うような人物ではあるのだが、彼は大きな志を持ちつつほとんど行動をしないところがあり、そんな彼に優越感を多少抱いても許されるだろう。というのもこの男は同胞たちが自由のために戦っているのを聞いて急いで外国から帰宅しておきながら、いざ行動に打って出てもよい状態になると、その愛国心が消え失せて私塾に専念してしまっているのだから。彼の生涯におけるこの時期について書くとなれば、全てのミルトンの伝記作家はげんなりしてしまうことだろう。ミルトンが私塾の教師という地位に落ちてしまうことを認めたくないのである。だが少年たちに教えを授けたことは事実であるから、伝記作家の一人はそれを無料で行ったといえば、別の作家は学と徳を広めるという気持ちのみが動機だったと言う。そして彼らは皆、実際に本当かどうかもわからぬことを書いていき、一般の人間が決して恥だと思わぬように弁明を行っていくのである。彼の父は存命であったが、小遣いはそう多くはなかった。そして真面目で有益な職務に従事することにより、金銭の不足を補っただけである。

教育において彼は驚異的なことを果たしてとされている。十から十五、十六歳までの若さで、オールダーズゲイト・ストリートにおいて読まれたギリシア語とラテン語の作家の一覧は、実に恐るべきものと言っていいくらいである。こういったことを聞いたり言ったりする人は、どんな人間も教える速度は学ぶ速度よりも遅いものだということを考慮に入れる必要がある。騎手の速度は馬の速さによる制限を被る。他人に対して教えを授けることを経験した人なら皆、注意散漫な生徒を集中させたり、無関心な生徒のやる気を引き出したり、馬鹿げたくらいの誤解を訂正させるために、どれほどの忍耐が要されるかは知っていることだろう。

どうもミルトンの目的は、学校における一般的な学芸よりももっと堅固なものを、物質的な物事を取り扱った作者の作品を読みつつ教えたいと思っていたようだ。そして古代人による農学的あるいは天文学的な論考を取り上げていた。これは当時の勢いある文学者たちが取り扱っていた発展計画と同様のものである。人生を豊かにするものは何かを知るという点ではミルトンよりも優位に立っていたカウリーも、空想上の大学において同じような類の教育計画を立てていた。

ただ実際のところ、自然界における知識、そして自然の知識を知るにあたっての必要な学問は、人間精神において多大な影響をもたらすわけでも、常に関連するようなものでもない。会話にせよ行動にせよ、利益のためにせよ楽しみのためにせよ、まず必要なものは善悪の宗教的並びに道徳的な知識である。そして次に必要なのは人類の歴史を学ぶことであり、そしてその実例から真理を具体化し、出来事を通して幾つもの意見の妥当性を証立てていくことである。

分別と正義は古今東西共通した徳であり卓越性である。私たちは人間についてはいつでも考えるモラリストではあるが、いつでも幾何学者というわけではない。知性的な性質のものと親しむことは必要であるが、物質的な性質に考察を向けることは自発的に、時間に余裕がある時にすれば良いものに過ぎないのである。自然科学の学識が問題になることは滅多にないのであり、人間に関する能力がどのくらいかを知らずとも大人になって困ることはないが、他方ではその人間の道徳と分別的な能力については常について回るものである。

それ故、分別についての格言、道徳的真理の原則、対話における題目について最も提供するようなものが学校において読まれるべきである。そしてこういったものは詩人、演説家、歴史家たちの書物において最も提供されているのである。

この脱線を、学を衒ったり、逆説をひけらかしているとかいう具合に非難するのはやめていただきたい。仮に私がミルトンを敵に回したとしても、私の味方にはソクラテスがいるのである。自然についての探求から人生への考察へと哲学を転回させたのがソクラテスだったのだ。だが私が反駁している改革者たちは、人生へと向けていた注意を自然へと向けようとしているのだ。私たちがこの世界で生きているのは植物の育ちや星の動きについて観察するためにあると彼らは考えているようである。他方でソクラテスの意見としては、どのようにして善き存在となり、悪を避けるのかを学ぶべきだ、というものだった。

Oti toi en megaroisi kakon t agathon te tetukta[13]

制度機関はその業績により測られるべきである。そしてこのミルトンの奇跡を行うような学校において、未だかつて学識について非常に優れた人物を生み出したということを知らない。強いて価値あるべきものを挙げるとすれば、甥のフィリップスによってラテン語で書かれた英語の詩についての小さな歴史くらいだが、読者はその作品を聞いたこともないだろう。

物事に多大な勤勉性を持って取り組むミルトンは、学校においても同様の姿勢で取り組んだことは疑いの入る余地はない。教育方法の一つとしてはもっと模倣されて然るべきものである。彼は生徒たちに宗教教育を施すことにおいて入念に注意を払った。毎週日曜日、神学の授業を授けた。そしてその際にミルトンは短い神学体系を書き取らせたが、それはオランダの大学において流行していたものから集めたものである。

猛勉強と粗食についての実例を、ミルトン自身が示した。彼が放埒になることがあるとすれ

13　ギリシア語では ὅτι τοι ἐν μεγάροισι κακόν τ᾽ ἀγαθόν τε τέτυκται と書かれる。『オデュッセイア』第四歌三九二行目からの引用。

ば、グレイズ・イン法学院[14]から陽気な紳士が何人かきて多少騒いだ時があったくらいである。その頃、社会にあった論争に自分も関わりはじめ、争いの火に息を吹きかけ更に炎上していった。一六四一年に、国教会に対抗するために『宗教改革について』という二部にわたる本を出版した。ピューリタンは「学識ある高位聖職者に劣る」とされていたので、彼は助けようとしたのだった。

教会監督制度を弁護するために、ノリッジ主教のジョーゼフ・ホールが『慎ましい抗議』を公刊した。一六四一年にそれに対して五人の聖職者たちが各々の名前の頭文字をとってヌメクティムヌウスという名前で回答したことは有名である。更にこの回答に対して学識あるジェームズ・アッシャー[15]が反論を行った。そしてこの反論に対してミルトンが「『高位聖職者による教会監督制度について、並びに、アーマー主教ジェームズの名の下に出版されたものを含む最近の諸々の論考が論じられているように本当にそれが使徒時代から由来するのかどうかについて』という題目で応じた。

この書名をここに記したのは、アッシャーに対する侮蔑的な言及を読者諸兄に見せることによって、ピューリタン式の獰猛さを今ではミルトンは身につけていることを示すためである。次の著作は、『高位聖職制度に反対する教会統治の理由、ジョン・ミルトン氏による、一六四二年』である。この著作において彼は自分の力に対する高い評価を見せびらかすような有頂天な感じではなく、静かな自信に基づく形で明らかにしている。そしてまだ具体的にはわからぬが、何か自国に対する有益で栄誉となるべきことに取り掛かることをやってみせることを誓っている。彼はこう言っている。「全ての言葉と知識をより豊かにさせ、祭壇の神聖な火と共に熾天使を送り込み、永遠不滅の聖霊に熱心に祈らなければその者が気に入るところの唇を触り浄化することと能わない。これに加え、読むべき本を厳選した上で精読する必要があり、じっくりと考察し、上品だと思われる全ての一般学芸や物事に関して目を向けることも必要である。ある程度このことを成就するまでは、私はこの希望を決して諦めないことを誓う」。このような苛烈で、敬虔で、かつ合理的な誓いによって『失楽園』が誕生するのだと言えるかもしれない。

同じ年に、彼はパンフレットを更に二つ同じ問題に言及する形で公刊した。「大学から吐き出された」と彼が断定した敵対者に、彼は他所他所しい具合に答えた。「私が何年か過ごして、学位を二つ取得して大学から去ろうとした時に、その大学の特別研究生たちが、私が残って一緒にいてくれたらと何度も言ってきた。大学という場所を称賛するべきか嫌悪するべきかにつ

14　The Honourable Society of Gray's Inn: ロンドン中心部にある法曹院であり、四つあるうちの法曹院の一つ。グレイ法曹院とも。現在でもイングランドの法廷弁護人と裁判官はこの四つの法曹院のいずれかに必ず属さなければならない。

15　James Ussher (1581-1656): 十七世紀アイルランド教会のアーマー大主教。天地創造を紀元前四〇〇〇年頃とした「アッシャーの年表」で知られている。

いての疑問において、私がその回答に一喜一憂すると考えるなら、余りに単純すぎると言わねばなるまい。オックスフォードとケンブリッジが長年の間吐き出してきた学生を鑑みて、大学は能力の低いものほどに自分の腹の中に溜め込もうとし、学生が上質であるほど吐き気を催し不安定な気分になるのを見抜けない医者がいるとしたら、よほど経験のない未熟な医者というものだろう。そしてそれの体調を良好なものへと治療するにあたっては、よほど強い薬を飲んで吐き出すしか手段はないだろう。大学がもっと健康的で、若さゆえに私の判断力が未熟だった頃でも、私は大学にそこまで敬意を払っていたわけではないが、今となっては更に敬意を払うことはない」

これは自分が侮辱されたと感じる人間の言い方であるのは間違いない。ミルトンは自分の行為の行く先と考え方の軌跡について語り始める。そして、彼は放埒であったという疑いをかけられていたので、自分自身の潔白さについて説明し始める。「このような罪によって私は弾劾され、それに正当性があるのなら、私は十倍の恥ずかしさを肌全身に感じてしまうだろう」

彼の小冊子の文体は粗野であり、おそらく論敵のものと似たり寄ったりであったであろう。長い脱線をしつつ偉大な例を挙げながらその粗野さを正当化しようとする。時々、彼はユーモアを出そうとする。

「この著者は、自分が手頃な牧師か、高位聖職者に仕える従者か、祭壇のみならず宮廷の食器棚でも仕える身分ではないという説明を多分に与えてくれる。肺病患者が吐き出すようなかなりの数の格言を吐き出し、激しい痙攣発作に応じてぴょんぴょんと跳ね回る。このように苦労しながら彼の機知の苦悶はなんとか長い間封じ込められることはなく抜け出し、親指によって編まれた詩歌へと出会うのである。この部分について、というより解剖についてはこれでおしまい」。ミルトンの議論における意気軒昂ぶりがこれである。陰鬱ながら真剣な時はもっと攻撃的である。あまりに悪意がありすぎて、「彼の顰めっ面を見ると地獄までも暗くなる」くらいである。

レディングがエセックス伯の手に落ちた後[16]、彼の父は息子の家へと移ってきた。そしてミルトンの私塾も更に繁盛した。三十五歳になった時に、聖霊降臨節においてオックスフォードシャーの治安判事パウエル氏の娘メアリーと結婚した。彼女をミルトンは自分の街へと連れてきて、結婚生活の期待で胸がいっぱいだったことであろう。だがこのお嬢様は、節食と厳格な勤勉性についてはあまり理解を示さなかったようだ。というのもフィリップは次のように言っているからだ。「哲学的な生活を一ヶ月送った後、大邸宅において多数の友人と楽しさにあふれた生活に慣れきっていた彼女は、おそらく友人に頼んで彼女を夏の残りの期間を一緒に地元で過ごしたいと強くせがんできた。そしてミカエル祭にまでは戻ってくるという約束の下、こ

16　一六四二年から始まった国王軍と議会軍による第一次イングランド内戦のうちの一六四三年に起こったレディング包囲戦を指す。文中のエセックス伯とはエセックス伯三代目のロバート・デヴァルーを指している。

の要求は受け入れられた」

　ミルトンは多忙であったので、妻がいなくても寂しいとは思わず、学問に専心し続けた。時々、彼がソネットで言及していたことがあるレイディ・マーガレット・リーが訪問しにきた。そしてついに聖ミカエル祭の日になった。だがミルトン夫人は旦那な陰気臭い住処に戻ろうという気は全くなかったので、戻るという約束は喜んで忘れることとした。彼は彼女に手紙を送ったが、返事は返ってこなかった。更に手紙を送ったが、結果は同じだった。手紙が相手方に届いていないのではないかと考えられた。彼はかなり立腹した状態にあり、使者を派遣した。その使者は馬鹿にされながら戻ってきた。ミルトン夫人の家族は王党派だったのである。

　ミルトンのように自尊心が強い人間には、このような侮辱でも激怒させるには十分すぎるほどであった。ミルトンは間もなく彼女の不服従によって縁を切る決意をした。そして自分の行為を正当化するための議論を行うことを好む性分だったので、一六四四年に『離婚の教義と規則について』とそれに続いて『離婚に関するマルティン・ブーツァーの判断』を公刊した。そして翌年、『四弦琴——結婚を扱う聖書四大箇所の解釈』も公刊した。

　このような斬新な試みは、予想された通り聖職者によって反対を受けることになった。ウェストミンスターにおいて有名な聖職者会議が開かれていたが、その著者は上院へと喚問されるべきだとされた。だがウッドが言うには、「その上院は著者の教義に賛成したのか、あるいは訴えた人物たちのことが気に入らなかったのか定かではないが、すぐにミルトンを放免にした」とのことである。

ミルトンに対して批判するために何か書いたという人は多くなく、その中で著名な人間は全くいない。ミルトンは自分の論敵によって「召使出身の弁護士」と揶揄された。ハウエルが彼の手紙の中で、ミルトンの新たな教義に対して軽蔑の念を込めて言及している。どうやら離婚の教義は反論よりも馬鹿にする方が相応しいものと判断されたようだ。ミルトンは相手の嘲笑に対しての不平不満を二つのソネットにおいて描いているが、片方は話にならぬ出来であり、もう片方はそれほど上手とは言い難い。

この頃から、ミルトンは今まで支持していた長老派に対して反感を抱いていくようになる。気分によって党派を変えるというのは、利害関係で変えるよりも更に徳に悖るものだと言えよう。真理よりも自分を愛するからそうなるのだ。彼の妻とその親類は、ミルトンは侮辱されていて大人しくしているような人物ではないということを悟り、彼が離婚論の教義も実践しようとしているのに気づいた。彼は医者のデイヴィスという人物のとても育ちが良くて品のいい若い娘に求愛していたが、相手がまだはっきりとした返事をするのを躊躇している間に、彼らは復縁しようと決心した。彼はセイントマーティンズ・ル・グラン通りにあるブラックバラという人物の家に時々通っていたのだが、ある時その家に行くと、自分の妻が別の部屋からやってきて自分に跪くのを見てミルトンは驚いたのであった。彼は妻の懇願についてしばらく受け入れようとはしなかった。「だが」とフィリップは言う。「怒りや復讐にいつまでも固執するよりも和解する方を好むという寛大な性分だということもあり、また、両側の友人たちの強い仲裁もあり、ミルトンはやがて全てを水に流すこととし和平が固く締結されたのであった」。ミルトンが後になって妻の父と兄弟を彼らが困窮に貧している時に、他の王党派と共に自宅で受け入れたことは彼の名誉のために述べておかなければならない。

同じ頃に、彼は『アレオパジティカ――無許可刊行の自由のためのジョン・ミルトン氏による演説』公刊した。このような無制約の自由と、自由に制約を加えることは今まで政治学においての問題を引き起こしていて、どうやら人間の知性では未だにその問題が解決されていないようである。国家権力が今まで許可を出してきたものしか公刊できないのであれば、権威が真理の基準になってしまう。革新を夢見る人たちが全員好きに自分たちの計画を流布させることができるなら、議論はいつまで経っても終わらない。政府に不平不満を持つ者の意見を全て取り入れることになったら、平穏がいつまでも掻き乱されることになる。そして神学において懐疑的な者全員が各々の馬鹿げた主張体系を教えてもいいことになるのなら、宗教というものは存在し得まい。こういった害悪に対しての治療法は、著者を罰することにある。というのも、どんな社会もその社会にとって有害だと看做される意見が発刊されることを防ぐことはできなくとも、その著者を罰することはできるからである。だがそういった罰も、著者を潰すことはできても、本については逆に宣伝となる。それに著者が後になっても検閲できるからといって出版の自由を無制約なままにしておくのは、泥棒を絞殺刑にかけられるからといって夜に寝る際にドアに鍵をかける必要はないと同じくらい非合理的なものである。

だがミルトンが従事していたのが公的なものにせよ私的なものにせよ、彼の頭から詩が離れることはなかった。この頃（一六四五年）、ラテン語と英語で書かれた彼の詩集が編み出されていき、『快活の人、沈思の人』が他のいくつかの作品とともに刊行された。

生徒を受け入れるためにバービカンにある以前よりも大きな家へと引っ越した。だが妻の多数の親類がやってきて、一時的な避難所として寛大に受け入れたところ、自分の部屋が占拠されるようになった。しかししばらくすると彼らは去っていった。「そして家はまた」とフィリップスは言った。「今ではミューズの神の住まう家にしか見えなくなったが、そこを訪れる学生たちの数はそれほど多くなかった。若者の教育に大いに心を砕いていたので、論敵からは口うるさい教師や校長先生として呼ばれていたかもしれない。他方で、彼はパブリック・スクールを立ててその教区にいる若者全員を教えようという気はなかったことも知られている。彼は自分の学識と知識を自分の縁類たちと自分の親密な友人であり紳士の息子である限られた人たちだけに教示しようとしていた。そして彼の著作並びに教え方には、学をひけらかすようなところは全くなかった」

彼の甥はこのようにして否定し難いことや述べても差し障りのないことを、骨を折って気を遣われながら語っているのである。ミルトンは卑しい職業に従事しているからといって自分も卑しくなるような人物ではなかった。しかし彼の最も温厚な友人たちはそうは思っていなかったようで、色々と言い繕ったりした。つまり彼は自分の開いた店で文芸を希望したもの全員に売り渡していたというのではなく、彼は婦人帽子製造業者で、自分の友人にしか商品の寸法を測らなかったというのである。

フィリップスはこのような恥ずかしい姿の叔父を見るのに明らかに耐えられなくなり、そのような状態は長くは続かなかった旨について話し始める。そしてミルトンの名誉を回復するために、彼の華々しい武勇伝を語り始める。彼はこう言う。「この頃あたりに、彼をサー・ウィリアム・ウォーラーの軍隊の高級副官に任命しようという意図がなかったと主張するのならその人は多大な誤りを犯しているとしか言えない。だが新陸軍がこの計画の妨げとなったのである」。こういった「この頃あたりに」とか「多大な誤りを犯していない」とかいう表現を使ってこれほどはっきりとしない漠然とした言い回しをするものはない。ミルトンは口うるさい教師の商売をもうやめて、彼が兵士としていつの頃かに任命されたらというフィリップの願いが込められているわけである。

新たな陸軍が設立される頃に（一六四五年）、ミルトンはホーボーンにあるより小さな家へと引っ越していき、そこの裏はリンカーンズ・イン・フィールズに面していた。その時以来、彼は国王が殺害されるまでには何も出版しなかったが、その殺害者たちが長老派の人々に非難されているのを見てとり、それを正当化するための論考『人々の精神を安らげるために』を書き上げた。

彼は『オーモンド公とアイルランドの反乱者たちの間の平和条項についての意見』をいくつか書き上げた。彼が書いているだけで満足している間は、おそらく良心が述べるところのものだけを書いていたのであろう。そして彼が自分の感情がどう流れていくのか、そして周囲の意見に最初は迎合し次第に恐れに飲まれていくのを厳格に見守ることがなかったとしても、更に相手の反論を真剣に吟味せず自分の望みを真理として確言したとしても、それはあくまで人類共通の弱点を彼も持っていたに過ぎないのであり、決して論敵よりも誠実面において劣るというのではない。だが党派というのは人を誠実に居続けさせないものであり、ミルトンという人物をどう吟味しようとも、彼が『国王の肖像』において改ざんを行ったという疑いは否定できないのである。当時国会議のラテン語秘書に任命されていた彼は、その書物の検閲を依頼された時、シドニーの『アルカディア』にある祈祷の一文句を挿入することにより国王の盗用だと決めつけたのである。彼の『偶像破壊』において、祈りの文句を使用しつつ盗用したことを重罪であると非難して、尊敬すべきものや偉大なものへの侮辱のために反乱者を扇動させるような不作法な言葉遣いをしている。「死を目前にしながら、異教の神に対する異教の女から唱えられた祈りの文句を一語一語厳格に盗み聞き、それを彼の聖なる最後の格別な言葉として、付き添いの顰めっ面をした主教の手にひょいと聞かせるようなことを、全てを見通す神の御前でやるような恐れを知らぬ行為を、果たして誰が想像できたであろうか？」

国王がジャクソン博士に死刑台の上に渡して書類は、国王殺害者たちによって持っていかれたので、少なくとも彼らが祈祷の文句の出版社であったと言えるだろう。そしてこの問題について入念に検討したバーチ博士は、彼らが改竄をしたのではないかと考えている。改竄してそれを使用することは大したことではない。そのことをやたらと声高に非難する人たちが、大した悪意があるわけでもないのに、自分達が非難したがっていたことを自分たちで行うことができるものなのだ。

当時オランダに匿われていた国王チャールズ二世は、ライデン大学の教養学問の教授であるサルマシウス[17]を雇って、その父と王政を弁護する文を書かせた。そしてその執筆活動を促すために、ユーナイト金貨百枚をその教授にあげたと言われていた。サルマシウスは言語の達人であり、古典についての造詣も深く、文献批判の技量においてほとんど右に出るものはいないとされていた。多大な評価を受けていたので、あまりに自信を持ちすぎていたともされるが、社会の原理や政治の権利についてそこまで省察を行っていないことだろうから、この職務を引き受けたのは自分の分を弁えなかったといえよう。ただ執筆の速さは驚異的であったので、一六四九年に『国王の弁護』が公刊された。

これに対してミルトンは相応の反論を出すことを要求されて、彼が一六五一年に書き上げたものは、ホッブズがどちらの言葉の使い方が優れていて、どちらの論が劣っているのかを判断できないくらいに素晴らしい出来栄えであった。私なりの意見としては、ミルトンの文章の方が滑らかであり、理路整然としており、的確な辛辣さである。だが論敵に反論するのと同様に、からかって悦に入っていると見受けられる側面もある。彼はサルマシウスの教義を卑屈で男らしくないものとして、更に水の中に入ると男が女になるとされる古代の泉サルマキスのようとも喩えているが、それはくだらぬ暗喩に過ぎない。サルマシウスはフランス人であり、姦しい女との不幸な結婚生活をしていた。「お前はフランスの雄鶏で、実際の雄鶏よりも雄鶏らしい鳴き声をしてるな」[18]（Tu es Gallus et, ut aiunt, minium gallinaceus）とミルトンは言っている。しかし彼の何よりの極上の喜びは、文献研究によって名声を得ていた相手を、悪意あるラテン語によって辱めるという点にあった。ミルトンはまず相手が「ペルソナ」という単語を使ったことを指摘し、それは、ミルトンによれば、仮面だけを意味する単語であり、ローマ人は知らなかった「人」という意味合いを用いて使用しているとした。だが、無礼を罰するネメシスは常に目を光らせているもので、相手の文法違反を非難しているミルトン本人がその非難自体において粗野な文法違反を犯しているのは記憶すべきである。ケア氏も指摘しているし、その前の別の誰かが指摘していたはずだが、「お前の鞭に打たれた【vapulandum】文法に乾杯しよう」という言葉をミルトンは使用しているが、vapulo という単語は元々から受動態なのであり、

17　Claudius Salmasius (1588-1653)：十七世紀フランスの古典学者。一六三二年にライデン大学の教授に就任した。文中にもあるように、チャールズ一世の処刑に反対し、彼を擁護する文章を書いたことで、ミルトンに反論された。

18　Gallus には「フランス人」と「雄鶏」の二つの意味がある。

それゆえにvapulandusという活用はないのである。ある専門家が何らかの事柄を取り扱うと、その事柄もその専門領域に引き摺り込まれてしまう。つまり文法家たちが国家や国王の権利について議論するとなれば、それらもまた文法問題へと堕してしまうわけである。

ミルトンがこの反論に取り掛かった時、肉体は衰弱していて視力も相当弱かった。だが彼の意志はたじろぐことはなく、健康において必要とされていたものも熱意で補った。千ポンドの報酬を受け取り、彼の著作は広く読まれた。鷹揚な精神と優美さを兼ね備えた逆説というものは、いとも簡単に注目を浴びるものである。自分が国王と同等の立場にあると誰にでも豪語するような人物は、聞き手に困ることはない。

サルマシウスの方の著作が同じような速さで世間に広まったり、同じ程度に読まれたりしなかったということは、断言してもいいだろう。彼は権威についての陳腐な教養と、従順さに対しての聞いていて不愉快になるような義務を述べただけであった。そして余りに長い期間、彼は文学の君主、もっと言うなら独裁者であったため、無名の新参者によって彼が挑戦されて侮辱された姿を見て、ほとんど全ての人が喜んだのであった。言われるように、もしスウェーデンの王女クリスティーナが「国民への弁護」を称賛したというのなら、当時彼女の宮廷にいたサルマシウスを苦しませるためであったに違いない。生まれながらにして王女であり、独裁的な気質であったことから、その社会的に地位にせよ生まれつきの性格にせよ、彼の教養を好きになることはできないのであった。

ミルトンの著作が現れてから、サルマシウスが顧みられなくなったという説についてはあまり確たる証拠がない。だが長年敬意を払われることに慣れてしまった人物にとっては、自分の論敵が少しでも称賛されるのを見ただけで気分を害するだろうし、スウェーデンから離れようという気にもなると言って良い。とはいえ、彼がその国を去るにしても決して軽蔑されてというのではなく、王侯が随伴するのと同等以上の数の人たちを連れて去っていったのである。

彼は返答を用意したが、それは不完全なまま王政復古の年（一六六六年）に息子によって刊行された。自分のラテン語力に対する非難に最も苦痛を受けたようで、まず「ペルソナ」という単語の使い方について自己弁護するために熱心に骨を折っている。だが私の記憶が正しければ、ユウェナリス[19]の風刺詩第四番のこの句が彼の見つけた論拠の中でもっとも優れた力を持っていると思うのだが、彼は忘れてしまったようだ。

どんな口撃よりも罪を犯すような人（persona）に対してはどうすればいいというのだ？

サルマシウスが論争においてミルトンが失明したことを非難したが、ミルトン自身は自分が

19　Decimus Junius Juvenalis (60-128): 古代ローマの風刺詩人。その肩書き通りの『風刺詩集』が代表作である。

サルマシウスの生命を縮めたと信じて喜んでいた。そして両者とも理性よりも悪意によって論じていたことが推測される。サルマシウスはスパで一六五三年九月三日に死去した。そして一般的には論争者は討論にとって殺されるものと一般的に思われていたので、ミルトンは彼を粉砕したという名声を博したのである。

クロムウェルは王政を破壊した権力を以て議会も解散させた。自分を護国卿という称号の下で国王となったのだが、国王と同等、むしろそれ以上に権威を振り翳したのである。彼の権威は合法的なものであり、決して単に上辺だけのものではなかった。クロムウェルは自分の権力を必然性に基づいてのみ築き上げたから、というわけである。だが公権力の蜜を味わったミルトンは、今となっては飢えと哲学に戻ろうとはせず、強奪された権力の下で自分の職務を続け、自分が保持していた自由をクロムウェルに譲り渡してしまったのである。反乱が隷属によって終わることほど理にかなっているものはない。国王の殺害を幾分不合理だと感じて正当化した彼が、今ではまったく正当性のないことが明らかな暴君に対して、奉仕して媚びているというわけである。

失明してから数年が経過したが、彼の知性の活発さは衰えることを知らず、ラテン語秘書の職務を相変わらず遂行することができたし、論争もやめるということはなかった。彼の精神は散漫であるには余りに熱を帯び過ぎていて、屈服するには余りに強過ぎた。

この頃、彼の最初の妻が分娩によって死去して、三人の娘がその頃までに儲けられていた。

妻のことは余り愛していなかったからであろうか、嘆き悲しむ様子をそう長くは見せなかった。死去して少しした後に、ハックニーに住んでいるウッドコックの士官の娘キャサリンとすぐに再婚した。間違いなくミルトンと同じような考え方の下で養育された女性であった。彼女は一年もしないうちにやはり分娩、あるいはそれが原因の病で死去し、夫のミルトンはつまらないソネットで彼女の思い出を偲んだのであった。

ミルトンの『イングランド国民のための第一弁護』に対する反論は『国王と国民を殺した事を弁護する、ジョン・クルクルパー氏に対する国王と国民による弁護』という名前の下で一六五一年に刊行された。この著者については判明していない。だがミルトンとその甥のフィリップが一緒にそれに対する反論を書き、フィリップの名前の下で出版された。だが実際はミルトンが大いにそれに手を入れているのであり、やはりミルトンの作品として読んでもいいかもしれない。その中では相手の著者がブラムホールという人物で、彼は国王殺害者とは無縁の存在であったから、推測のままに彼を好き放題に論じたてた。

翌年、『天へと届く王の血の叫び』が刊行された。この作品の著者は後にカンタベリーの主教座聖堂名誉参事会員になるピエール・デュ・ムーラン[20]であった。だがその出版の世話をした

20 Pierre Du Moulin (1568- 1658): 十六世紀から十七世紀のユグノー教会牧師。ジェームズ一世の招きにより数年間イギリスに滞在していた。カトリックのミサについての批評などの文章を後世に遺している。

フランス人聖職者もモルスあるいはモア氏が、ミルトンの『第二弁護』においてその著作の作者と看做されていた。罵詈雑言が余りに激しく、モアはその嵐に圧倒される形ですっかり怖気付いてしまい、彼の攻撃者に対して真の作者は誰かを知るきっかけを与えてしまった。デュ・ムーランが今や大きな危険にさらされていた。だがミルトンは自分の悪意をぶつけるよりも自分のプライドを優先させた。彼と彼の友人たちは共に相手の誤謬を弾劾するよりもこのまま放っておいて逃げていく方を得策として選んだのであった。

この『第二弁護』においてミルトンは自分の雄弁性が単に風刺的ではないことを示している。彼の中傷の粗野さが、媚びへつらうという下品さが同じくらい加わったのである。彼はこう書いていた。

“Deserimur, Cromuelle, tu solus superes, ad te summa nostrarum rerum rediit, in te solo consistit, insuperabili tuae virtuti cedimus cuncti, nemine vel obloquente, nisi qui aequales inaequalis ipse honores sibi quaerit, aut digniori concessos invidet, aut non intelligit nihil esse in societate hominum magis vel Deo gratum, vel rationi consentaneum, esse in civitate nihil aequius, nihil utilius, quam potiri rerum dignissimum. Eum te agnoscunt omnes, Cromuelle, ea tu civis maximus et gloriosissimus, dux publici consilii, exercituum fortissimorum imperator, pater patriae gessisti. Sic tu spontanea bonorum omnium, et animitus missa voce salutaris.”

カエサルが終身の執政官に就いた時ですらも、これほど卑屈でお上品な阿諛追従を受けたりはしなかった。試しにこの文章を翻訳してみるが、卑屈さをうまく翻訳できても、そのお上品さについてはうまく翻訳できた自信はない。以前の王政の無能さと自己中心的な側面を暴露した上で、ミルトンはクロムウェルに対して言う。

私たちは孤立状態にあったのです。国家の今後の定めは閣下の掌にあり、閣下の能力次第となったのです。閣下の絶対的で永遠の徳には全ての人間は服従致します。例外があるとすれば、能力はとても及ばないのに閣下と同程度の栄誉を望み、自分より優れた者が成就した業績を妬み、あるいは人間たちの社会において最も卓越した知性が主治権を握ること以上に神の御心に叶い、理性にふさわしいものはございません。そしてその支配者こそが閣下であることは万人が認めるものであります。我ら国民の中で最も偉大で輝かしい者として、公の議会の指導者として、無敗の軍隊の指揮官として、国家の父として閣下がなさったことがその証左であります。その類い稀なる業績によって、万人が自発的に、心の奥底から閣下に歓喜の声を上げるものです。

翌年、彼は弁護したいと思ったのは全て弁護しきったので、今度は自分自身を弁護するだけの余裕が出てきた。モア氏に対して自分の弁明を行った。著作の題名において『天に届く王の血の叫び』の真の著者がモア氏であるとしている。この著作において攻撃性や雄弁性は思う存分発揮されていて、さらにいつものウィットに富むことも忘れていない。「お前はモルスか？それとも（ギリシア神話の非難や皮肉の神である）モーモスか？それとも二人とも同一人物だということかい？」という箇所がある。さらにモルスがラテン語で桑の木を意味することを思い起こし、その変容ぶりについて当てこするのである。

”Poma alba ferebat Quae post nigra tulit Morus.”

これを最後に彼は論争行為を終えた。そしてこの時以来、彼は私的な研究と公的な職務の両方に従事するようになった。

護国卿の秘書として、スペインとの戦争の大義についての宣誓文を起草したとされている。彼の職務能力は非常に価値を持つものと看做されていた。スウェーデンとの条約締結が狡猾なやり方で延期された時、ミルトン氏が体調不良で不在であったことがその原因と公に思われていて、スウェーデンの使節がイングランドではラテン語を書ける人間がたった一人しかおらず、しかもその人は盲目ときているという具合に驚きを隠せなかった。

ミルトンが今や四十七歳になったことにより、外的な面倒事からは自分が解放されたのを見てとり、以前から抱いていた目的を思い起こしたようで、将来の仕事のために立てていた大きな作品三つに再度取り掛かった。それらは叙事詩、イングランド史、ラテン語辞書である。

辞書の編纂については盲目状態である今、他のよりも実現の見込みは薄いと思われた。というのもそれは絶え間なく細かな調査と校正校閲が大いに必要とされるからである。失明した後に初めてその計画を着想したら、彼は実行に移すことはなかったであろう。だがずっと前から脳裏にその計画を抱いていたことから、甥のフィリップによれば彼はその作業を「ほとんど死の直前まで」続けていたのであって、「だが、原稿は余りに乱雑で欠けている部分も多かったので、とても公に刊行できる状態ではなかった」としている。ケンブリッジで印刷されていたラテン語辞書の編集者たちは、ミルトンが編んだ三巻に及ぶ二折版を参考にしたとされるが、最終的にそれらがどうなったのかは知られていない。

多数の作家から歴史を編纂するというのは、失明した状態においては一般的に要されるよりも更に優れて注意深い助けがなければ困難であり、むしろ不可能と言える。そして調査したり比較衡量したりする難しさによってミルトンはノルマン人が征服した辺りで筆をおいたのであろう。それまでの時代なら、まだ歴史は複雑ではなく、蒐集するべき資料もそう多くはなかったからである。

彼の叙事詩の主題については、熟慮を重ねて、選定には長い時間をかけてようやく『失楽園』で開始する決心をしたのである。実に幅広い壮大な目論見といえ、その選択の正しさは成功においてのみ立証されるものである。彼はかつてアーサー王を賛美することを書こうとも考えていたが、そのことはマンソーへと送った詩において窺える。だが「アーサー王は他の時に留保しておくことにした」とフェントンは言っている。

ケンブリッジ大学の図書館にある手稿に書き残されている詩的計画のスケッチにおいて、このテーマについての自分の考えをうまく消化してかつて神秘劇と呼ばれていた粗野な劇として描こうとしていたようだ。そしてフィリップは、サタンが太陽へと呼びかける最初の十行は悲劇の一部としていたのをその目で見たと言っている。これら神秘劇においては、寓意的な人物が登場する。つまり「正義」「慈悲」「誠実」等々。「失楽園」が悲劇か神秘劇だったかはともかくとして、二つの構想があった。

登場人物　登場人物
ミカエル　モーセ
天使の合唱　神の正義、叡智、天上的な愛
神の愛　宵の明星、ヘスペロス
ルシファー　天使の合唱
アダム（蛇と共に）ルシファー
エヴァ（蛇と共に）アダム
良心　エヴァ
死　良心
労苦（無言）労苦（無言）
病気（無言）病気（無言）
不満（無言）不満（無言）
信仰　無知（無言）
希望　恐怖（無言）
慈愛　死（無言）、信仰、希望、慈愛

『失楽園』

モーセがまずどのようにして自分が真の肉体を手に入れることになったかをまず物語る。その肉体は朽ちることはない。というのも神がシナイの山において一緒におられるからだ。エノクとエリヤについても同様のことを断定する。その場所の純潔さに加え、ある種の清らかな風と雫と雲が肉体が腐敗していくことから守護する。そこで神の御姿について熱心に説く。彼らがアダムの純粋無垢なる姿を見ることができないのは、彼らの罪が原因だとする。

正義

慈悲

叡智

（三者各々が、人間が堕落するとどうなるのかについて議論する）

天使の合唱が天地創造の賛美歌を歌う。

第二幕

天上の愛
宵の明星
合唱が結婚の祝宴歌を歌い、楽園について描写する。

第三幕

ルシファーがアダムの破滅を企む。
合唱団はアダムへの恐れを歌い、ルシファーの叛逆と堕落について語る。

第四幕

アダム

エヴァ
（共に堕落する）

良心が彼らに神の審判を思い起こさせる。
合唱団は嘆きの歌を歌い、善良なるアダムがもはや失われたと物語る。

第五幕

アダムとエヴァは楽園から追放された。天使によって以下のものが示される。
労苦、悲しみ、憎悪、嫉妬、戦争、飢餓、疫病、病気、不満、無知、恐怖、死（いずれも無言）
アダムがこれらを命名する。同様にして、冬、熱、嵐等々。
信仰、希望、慈愛（各々がアダムを慰撫し、導いていく）

コロスが簡潔に締める。

ミルトンの『失楽園』は最初はこのような構想であったのであり、完成した場合寓意劇あるいは神秘劇に過ぎぬものであったであろう。次の下書き構想になると、作品は上記に比べて成熟したことが窺える。

楽園を追放されたアダムに天使ガブリエルが降りてくる、あるいは入ってくる。この地球が創造されて以来、自分が天国と同じ位の頻度で地球にも訪れていることを示す。そして楽園を描写する。次に合唱団が登場して、ルシファーの反乱の後に、神の命により楽園を見張っていることを示す。そして更に、この新たな素晴らしい創造物である人間について、見てみたいという欲望を表明する。天使ガブリエルは、力の王子という名前が示すように、自由に楽園を辿っていて、合唱団がいるところを通り過ぎる時に合唱団の人達が人間について知っていることを教えてほしいとガブリエルに聞いてきた。そこでエヴァの創造と、彼らの愛と結婚について語る。それが終わると、ルシファーが現れる。敗北した彼は、自分自身を嘆き、人間に対して復讐を企む。合唱団は彼が接近することに抵抗を示す。やがて、互いの敵意が語られた後、ルシファーはその場を去る。そして合唱団が天国における戦と勝利についてルシファーとその共犯者に対して歌って聞かせた。先ほどの構想と同様にして、第一幕の後に、天地創造の讃美歌を歌う。ここでルシファーがまた登場して、自分が人間の破滅のために行ったことについて語り高慢な態度をとる。アダムに続いてエヴァが現れるが、この時にはすでに蛇の誘惑に屈していて、困惑した様子で葉を体に覆っている。擬人化された良心が彼を非難する。正義が登場して、ヤハウェがアダムを呼んでいる場所まで連れていく。その間、合唱団が舞台の上で楽しませるために歌うが、ある天使から人間の堕落の態様について知らされる。そして合唱団はアダムの堕落を嘆き悲しむ。そしてアダムとエヴァが戻ってきて、互いを非難する。特にアダムが非をエヴァになすりつけようとし、絶対に自分の非を認めようとしない。正義が現れて、彼の理性に訴え、説き伏せる。合唱団はアダムを叱り、傲慢なルシファーの例を肝に銘じておくように言う。天使が彼らを楽園から追放しようとするために派遣される。だがその前に、擬人化された人生と世界と全ての悪の仮面をアダムに示す。アダムは謙り、従順になり、絶望する。最後に現れた慈悲が彼を慰め、救世主の到来を約束する。そして信仰、希望、慈愛を呼び入れる。そしてアダムに教示する。彼は改悛し、神の栄光を讃え、与えられる罰に屈する。合唱団が簡潔に締めくくる。先の構想と今回の構想を比べるべし。

『失楽園』の極めて不完全な原型ではあるが、偉大な作品が最初の段階から卓越した可能性を秘めていたことを見るのは喜ばしい。そしてそれが次第に発展して拡大していき、時には突如偶然なきっかけによって思わぬ前進をしたり、時にはゆったりとした瞑想によってゆっくりと改良されていく様子が窺えるのも楽しいことである。

創造力だけがほとんど唯一と言っていいくらいに失明によって妨げられることのない文学的な行為であり、それ故に、自分の空想と詩の響きに浸かることによって、自分の孤独を慰めていった。詩的な卓越性のために今までやるべきことは全てやってきたのであった。彼は「気品ある文芸と事例」については精通していて、理解力は多数の知識により拡大されていて、記憶は知性的な財宝がたっぷりと蓄えられていた。彼は多数の言語に精通していて、読書と執筆を通して、それらを完全に操られる水準にまで引き上げていた。譬え彼が読書するだけの視力があったとしても、本からの助けはもうほとんど必要としなかっただろう。

彼の偉大な計画が進行している一方で、他の多数の作家と同様に書物の刊行を今や好きになっていたので、可能な範囲でできる限り小さな作品を出版することで楽しんでいた。彼は『小部屋の政談』と呼ばれるローリーの手稿を一六五八年に印刷し、更に翌年、『教会問題における世俗権力論』と『教会から金目当ての聖職者を追い出す方法』を出版して、聖職者に対する敵意を満足させたのであった。

その頃、オリバー・クロムウェルが死去した。息子のリチャードが承継するように取り決められていたが、軍事力によってのみまとめ上げられていた即興的な政府は、その力がなくなればば当然にバラバラになってしまう。そしてミルトンは自分と主張が両方とも等しく危機に瀕していることを見てとった。だがそれでも何かをしようという希望はあった。彼は後にトーランドが出版することになる手紙を新たな共和政府の支持者と思われる人物たちに宛てた。そして王政復古が行われた年でさえ、「意気と希望のどちらもほんの少しでも減じることはなかった」。だが騒乱にあった国家が、『自由共和国樹立のための確実な方法』というパンフレットを書き上げた程度で収まるというのはいくらなんでも非現実というものである。とはいえ、からかい半分にしろ真剣にしろ、相応の意見が多数出てくるだけの反響はあった。

共和主義者の頑迷な程の熱狂ぶりには目を見張るものがあった。国王が帰還することが明らかになった時でも、ハリントン[21]は自分と同じくらいに熱狂的な随伴者を数人と会合をおこなって、重要な政治的事項を全霊を以て検討しつつ、ローテーションを組みながら変わらず政府を治めようとした。どうにもならず慌てふためいたミルトンは、王政復古の数週間前にグリフィスという人物の『神と国王に対する畏怖』という題名の説教についての短い註解を出版するほどに愚かな態度をとった。その短い註解に対してレストレンジによる応答がパンフレットにおいて書かれた。それは『盲人による導きは不要』という乱暴な題名であった。

しかしミルトンが何を書こうと、譬え彼より行動力のある人間が何をしようと、国王は国民の抑えることが不可能な喝采を以て復位しようとしていた。それ故ミルトンはもはや秘書としての地位にはなく、結果的に職務上の立場から居留していた家からも出ていかざるを得なかった。そして自分の身に迫っている危険と自分の執筆活動の重要性を比較衡量して、どこかに身を匿すことが大事であり、ウェスト・スミスフィールドのバーソロミュー・クロースで隠れて過ごすことにした。

彼の伝記作家がこの偉大な人物に対しておそらく無意識的に払っている敬意の念について言及しないわけにはいかない。ミルトンが住んでいて全ての住処が歴史的な意義があるように言及されていて、まるで彼が居住していた場所を一つでも書かなかったら、その伝記作家としての資格が大いに毀損されるかのようである。

恐らく空前絶後な程度に慈悲深い心を持っていた国王は、自身と父に対する無礼に対して裁判を下したり復讐者になろうという気はなく、議会が定めた人物たちは例外として、全てを水に流してしまおうと約束した。そして議会は罰するとしても国王の殺害を直接犯した者以外は、誰をも極刑に施すことはなかった。もちろんミルトンはそういった人たちに含まれてはいない、殺害行為について擁護しただけである。

とはいえ、無論擁護したことは十分に有罪的なものであった。そして六月十六日に命令が下されて、ミルトンの『第一弁護』とグッドウィン[22]の『正義を妨げる者たち』、その他の似た類

---

21 James Harrington (1611-1677): 十七世紀イングランドの共和主義者。元々はチャールズ一世に従っていた。彼が処刑された後には共和国論である『オセアナ』を執筆し、クロムウェルに捧げる形で出版された。

22 Thomas Goodwin (1600-1680): 十七世紀イギリスのピューリタンの神学者。牧師としてクロムウェルに仕えていた。

の本を没収し、卑しい絞首執行人によって焚書された。法務官によってそれらの著者も罰するよう命が下された。だがミルトンは拘束されることはなく、これは恐らくだが、それほど真剣に捜索されることもなかった。

そしてそう長くはないうちに、八月十九日、法令によって世間の動揺は収まっていき、国王は自身の慈悲を優美だとするように恩赦法という一般的な名称よりも忘却法とその法令について呼ばれるようにした。[23] グッドウィンは他の十九名同様に公の権利が剥奪されるように手配されていたが、ミルトンについて例外的処罰の人物としては含まれなかった。

ミルトンへと示された寛大な処置は、その動機について知りたくなるというのが人間の情というものである。バーネットが言うには彼は忘れられていたとのことである。だが他方では「バーネットの語りを詳細に吟味してみれば、彼はいつも間違っているときている」と言うダルリンプルの意見がここでも正しいことと窺える。

ミルトンが忘れられていたはずがない。彼への処罰が命じられていたのだから。そういうわけで彼が一般的な恩赦法ならぬ忘却法が意図的に適用されたのだろう。彼は議会においてマーヴェル、モリス、サー・トマス・クラージズ等の友人たちがいたのだ。そして疑いもなく、ミルトンのような人物なら影響力を持っていないはずがない。彼が処罰から逃れたというとても具体的な話は、リチャードソンの回想録において記述されているが、それはリチャードソンがポープから得た情報なのであり、ポープはベタトンからその情報を受け取ったのであり、その彼もダヴナントから恐らく耳にしたのであろう。国王と議会との間での争いがあった時、ダヴナントは牢に囚われていて死刑が宣告されていた。その故にミルトンの要請によって命が救われたのであった。運命が反転して、ミルトンが同じような危険を蒙るに至ったとき、ダヴナントが彼の要請に応える形でかつての恩を返したのであった。これはとても聞いていて喜ばしくなるような寛大さと恩による相互扶助であり、ついつい信じたくなってしまうものである。だが実際に本当かどうかを確認するための証拠は、筆者には手がかりもない。ダヴナントが危機に陥っていた事は彼本人の言葉から間違いない。だが彼が死刑を逃れたことについては言及していない。ベタトンの話も同じく確証されたものではない。彼がダヴナントから聞いたという話がある訳でもない。生命を賭して別の生命を救ったという美しいシナリオが出来上がっているが、実際にミルトンの生命に危機が迫っていたかすら明らかになっていない。同じような罪を犯したグッドウィンは、公的な権利は剥奪されたにせよ、死刑に処されることはなかった。そして公権力の剥奪も政府が具体的な法規定なしで行うものだから、上辺程度の罰則からミルトンを救うには別段多大な労力等が必要だということもあるまい。ミルトンには何かしられっ

23　文中における「忘却法」とは一六六〇年に制定された免責・大赦法（Indemnity and Oblivion Act）のことを指すと思われる。同法は王政復古後にチャールズ二世がピューリタン革命に加担した大部分の人の罪を赦したものである。一方で「恩赦法」とは例えば一六五四年に宣言されたクロムウェル恩赦法（Act of Pardon and Grace to the People of Scotland）のようなものを指す。

きとした根拠に基づく尊敬の念と同情の念が注がれていたのだろう。彼の能力に対する尊敬と、彼の困窮に対する同情であり、彼の学識を鑑みて彼の悪意中傷を容赦するに至ったのだろう。彼は今では貧乏であり盲目であった。運命により挫かれてしまい、自然によって力が奪われたこの著名な敵を暴力を以て追及しようと言う人はいるだろうか。

恩赦法ならぬ忘却法の施行によってミルトンは他の臣民たちと同じ境遇となった。だが彼は、今ではどういう理由かはわからぬが、十二月に巡査部長の手によって拘禁された。そして彼が釈放された時、要請された罰金の支払いを拒否したため、彼と巡査部長が議会に喚問された。彼は忘却に匿われる形で安全な状態にあり、役人によって自分が捕まることは他の人たち同様にないのは自分でも承知していた。最終的にはこの一連の拘禁がどのように落ち着いたかはわかっていない。ミルトンは自分の方に正当性があると判断した場合にのみ、抗弁したことだろう。

ともかくオールダーズゲイト・ストリート近郊のジューイン・ストリートへと引っ越し、失明した状態にありとても裕福であるとは言えなかったから、日常的な伴侶と世話をしてくれる人が必要であった。パジェット博士の紹介によって、チェシャー出身の紳士家庭の娘エリザベス・ミンシャルと結婚したのだが、恐らく彼女は持参金を持っていなかったのだろう。ミルトンが結婚した女性は皆処女であった。結婚したことのある女性と結婚することをミルトンは粗野で不躾だと考えていた。他方で、彼が他にどのような基準で娶る相手を選んでいたかは、今では知る術もない。だが結婚は彼にそこまでの幸福を与えることはなかった。最初の妻はミルトンに嫌悪を抱かせたまま自分から離縁しようとしたが、脅しつけてどうにか自分の方へと戻しよせた。二人目の妻は最初のよりも大分ミルトンにとって好ましい女性であったが、彼女は間もなくこの世を去ってしまった。そして三人目については、フィリップが言うには、ミルトンが存命中に彼の子供たちを虐待し、ミルトンが死去すると子供たちから彼の遺産を騙し取ったというのだ。

結婚して間もなく、どこから出たのかは分からぬが、彼のラテン語秘書を再開することが政府から要請され、妻からもその申し出を受けるようにせがまれたが、彼はこう答えた。「お前は、他の女たちと同じく、自分の馬車に乗りたいのだな。私の願いは誠実な人間として生き続けて死ぬことだ」。もしラテン語秘書としての職務を行うことを当の政府の権力に加担するものと看做していたなら、かつて自分が権力に、つまりクロムウェルにせよ議会にせよ、加担していた身分であるゆえに自分の誠実性についてそんな大声で述べるようなことはしなかったはずである。他方で、職務を単なる仕事として捉えていたのなら、新政府の国王の下でも彼は誠実に職務を遂行していたことは間違いあるまい。だがこの話はあまりに根拠として薄いものであり、わざわざ詳しく詮索していく必要もあるまい。多大な益のある要請とそれへの毅然とした拒絶は作り話として最もよく練り上げられるものである。

ミルトンには分別と感恩が相応にあったので、自分の政治的あるいは教会的な主張を行うことにより新政府を煩わせたりするようなことはあえてせず、そしてこの時以来、彼は詩並びに文学に専念し始めた。彼のあらゆる方面への知的好奇心の熱意を抱き学識豊かだったことが、翌年一六六一年の、『初級文法』を刊行したことからも見てとれる。この小冊子自体には注目すべき点は何もないが、その著者が最近までは自分の母国の巨大な権力を論じていたのに、今となっては『失楽園』の執筆に取り掛かっており、高みから敢えて降りて行って子供たちを文法事項の難解さを助けようという姿勢が窺え、そのため必要でもないのに敢えて学習に励んでいるのである。

この頃、クェーカー教徒のエルウッドがラテン語口述のためにミルトンに紹介され、その人はミルトンと会話をしたいという望みを持っていた。それで日曜以外毎日の午後にミルトンのところを訪問した。ミルトンはハートリブに宛てた手紙において「英語発音でラテン語を朗読することは、フランス語による法律文を聞くくらいに不愉快なものだ」と述べており、エルウッドがもし外国人と話すことがあるのならイタリア語の発音を身につける必要性を説いたのであった。だがこれは面倒なだけで、実用性のない課題であったようだ。イタリア語の方がもっと普遍的に話されているという点以外において、英語の話者がわざわざイタリア語の発音を身につける理由はほとんどない。そしてその練習をイギリス人に教えたところで、故郷のイギリスにおいても自分が異邦人だと思わせるだけである。ラテン語を話す人物が旅をある程度頻繁にするのなら、各々の国に行けばその国の言語の発音を間もなく身につけるだろうから、わざわざ旅の前から入念な練習をしておく必要はないのである。そして外国人が私たちイギリス人の方に訪問すれば、私たちが彼らの国に行けば私たちがその国の言語発音を身につけることを期待するように、私たちもまたその外国人が英語の発音を身につけるべきだと言うのが正当だと言えよう。エルウッドはミルトンの指示に応じて、彼と一緒にいることにより語学能力を上達させた。エルウッドが言うには、ミルトンは鋭敏な耳を持っていて、エルウッドの発音を聞くだけで彼がその内容を理解していないことを感知したとのことである。その際彼の朗読を止めて、「その最も難解な一節について解説してくれた」とされている。それから間もなく、ミルトンはバンヒル墓付近のアーティリー・ウォークへと引っ越しした。ミルトンの移転と居住についての言及はこれで終わりになる。その場所に他のどの場所よりも長く居留した。

彼は今や『失楽園』に没頭していた。その着想がどこを源として汲んできたかについては、勤勉や賢さでは見出すことができないようなものがあるとは認めようとしない人たちによって色々な憶測が巡らされている。ある人たちはイタリアの悲劇から着想を得たとしている。ヴォルテールはミルトンがイタリアの笑劇を見た際に、彼が「虹が天のヴァイオリンの弓となるが良い」と言ったという、随分とまた奔放でまた無根拠な話が語られている。『失楽園』の最初の構想が悲劇か神秘劇であり、物語ではなく演劇であったことは既に示した通りだが、国王の擁護者たちとの論争を終えた頃の一六五五年に、現在ある形へと変更したとされている。

まだ構想を完全には決めていない段階から、自分の祖国に何かしらの偉業を献呈したいと心に決めていて、それは自分が今まで成し遂げたことと己の才能についての自負のみが原動力であった。彼がどのようにそういったものを仕上げていくかを決めるのは、難しいものであった。「選ぶに長く、始まるには遅く」にあったのだ。

私的な研究と公的な職務に自分の時間を分けなければいけなかった時、詩作活動は絶えず妨げられたに違いない。そしてその間はおそらく、物語を構築し、各部の話内容とその分量バランスを調整し、イメージと感情を蓄積していき、書物や思考から得た着想を自分の記憶に留めるか紙面において書き残しておくことくらいしかできなかっただろう。彼の行政職務に携わっていたときの学問研究がどのようなものだったかは分かっていない。助けと環境に恵まれていたので、特段大きな支援が必要というわけではなかった。

全ての公職から追放された後でもなお偉大な人物として看做されていた彼は、隠遁した生活においても好奇な訪問者が頻繁に来ていたが、彼に最も感嘆しているリチャードソン氏が言うには、訪問者が来た時「蒸し暑い日には、外の新鮮な空気を吸うために粗末な生地の灰色の上着を着てドアの前に」座っていて、「自分の部屋にいる時と同じように、高い身分や卓越した人物たちの訪問を待ち構えていた」とされている。彼を訪問した人物のうち高貴な人物の数は実際は少ないと今では考えられている。だが相応の人物であるミルトンが一般的に著名な人物たちと会話したいと思うのが当然のことだとも言え、ウッドの述べるところによると、ミルトンが生まれたブレッド・ストリートに外国人たちが多数その生家を訪れたとされている。

また別の話が伝えるところによると、ミルトンは小さい家に住んでいて「黒い服を小綺麗に着ていて、色褪せた緑色の部屋の中で座っていた。手には痛風結石があったため顔色は蒼白だったが決して生気がないというのではなかった」とされている。そしてミルトンは「痛風さえなかったのなら失明していることにも平気であったのにと言っていた」ともされている。

痛みの合間には、彼は他の一般人のような運動はできなかったので、椅子に座ってオルガンを弾いたことがあった。

今では詩作に従事していたことは明らかで当人もそれを認めているが、作品の進捗状況に関しては自分の親しい人に対しては知らされていたかもしれない。彼は記憶するだけ価値のある箇所を着想すると、必ず誰かの友人を呼んでそれを書かせ、そして少なくともたまには普段とは関わらない人間にその役目を負わせたのではなかったのだろうか。そのことが詩作の様子やその報告が残されることになったのだろう。

フィリップによれば、『失楽園』の創作において何か極めて目を引くような事態があったのであり、曰く「それを今でも覚えているには具体的な理由がある。私が叔父の家に訪問した時、その作品の一番初めから数年間にわたって深く読んでいったのだが、その作品が十行、二十行、三十行ずつ書いた紙の束になって置いてあったのだ。それは叔父を訪問した誰かの手によって書かれていたものだが、正書法や句読点に関しての推敲が必要とされていたのかもしれない。そして夏になると、全然進捗していない期間がかなりあったので、どうしてかと尋ねると、彼の血脈は秋分から春にかけての時期以外ではその巡りが良くないのであり、それ以外の時間に労作に取り掛かってどれほど空想力を働かせても、満足な結果をもたらすことはできなかったと言うのであった。それで彼は年がら年中その詩作で頭がいっぱいなのだが、実際にそれに取り掛かっている時間は半分であると言えるだろう」とのことだった。

この話に関しては、トーランドとしてはフィリップは詩作の時期について勘違いをしていると言う意見を述べている。ミルトンにとっては春になると己の詩的な力が沸き起こってきて「歌の力が蘇ってくる」ということを自身の哀歌で強く述べているからである。この反対意見については、私としてはフィリップがミルトン本人が明言していた時期を勘違いするなどということはあり得ないと述べておきたい。他方で、ミルトンは年齢が重なるにつれ、一年の好みの時期が変わっていったこともあり得ることもさらに述べておく必要がある。リチャードソン氏が言うには、「あのような大作が半年、いや一ヶ月も放置された状態にあるなどとはあり得ず、進捗が早くなったり遅くなったりすることはあり得ても、中断されると言うのはあり得ない」としている。だがどうして中断されず継続されたときいるのか、しばらく放置された後に再開されるということがないのか、その根拠については私としては理解しかねる。

魂が季節によって左右され、知性が時期によって浮き沈みがあるというのは、私としては馬鹿馬鹿しいことであり、単なる無思慮な想像に過ぎないと考えている。「人間の叡智が星々によって支配される」などとは。自分の執筆力が天候によって左右されるものと思い込んでいる著作家は、狂気を癒すとされるクリスマス・ローズでも多少飲んで、単に自分が怠惰か才分が枯渇しているだけということを認めるべきである。そしてそのような馬鹿げたことを頭に浮かべでいるから、本当に無能力になってしまうのだ。我々の力のエネルギーは我々の希望に負うところが大きい。「強さを欲するものこそ強し」とは『アエネーイス』にもある。もし成功することが現実的であると考えるならば、いくらでも勤勉になれる。だが殴り風が吹いたり天気が曇ったりしていた時に自分の能力の発揮が妨げられる場合、その日は抵抗することもなく無駄に過ごされてしまう。一体誰が自然の運行に対して反抗できるというのだ？

このような偏見にはミルトンもある程度は囚われていたようである。存命の頃には、世界は腐敗しており自分たちは朽ちてゆく自然から不運にも生み出された存在であるという意見が広く普及していた。被造物は全て衰退していて、木々も動物もかつてのそれらと比べると小さくなっていて、万物が一日毎に縮小していっていると考えられていた。そしてミルトンは魂もまたこの普遍的凋落の最中にあると考えていたようで、自分の著作は英雄詩としては「あまりにも遅く」書かれていることを恐れていなくもなかったようだ。

当時広く普及していた偏見、先入観がもう一つあって、それは賢い人たちにおいても気に入られることもあったらしい。人間精神の働きは住んでいる特定の地域によって制限を被っているのであり、緯度があまりに高かったり低かったりした人達は賢さに欠けるものと看做されていた。このような空想は実に奔放と言ってもいいほどだが、それでもミルトンはやはりある程度は同意しているところもあり、自分の国の気候が自分の想像力を羽ばたかせるにはあまりに寒いのではないだろうかと恐れたのであった。

このような妄想にすでに囚われていた人物の精神には、同じく別の不合理な考えが容易に入り込んでいたのである。自分の才能が生じたのは老いてしまった世界であったり寒冷な地域においてであるという恐れが、結果的に季節の影響に必要以上に捉われてしまって、彼の能力が一年間のうちの半分しか活発ではなかったと信じ込んだこともあり得るだろう。

ただ少なくとも、自然が腐敗していくことを恐れるよりは、季節に翻弄されるということの方がまだ理にかなっている。世間の人々が認める原因があれば、一様に自分の精神的な力が一般的に減退していくものである。作家の執筆力が低下すれば、その作品の読者の鑑賞力も同じく低下するものときている。寒冷の地域における鈍臭い民族の中において、「彼らが決して歴史に埋もれたままにさせない」何かを創り上げることによって、卓越性を達成しようという意欲が常にあったのだろう。より優れた時代において生まれた英雄たちに比べてどれほど劣っていようと、それでもなお同世代の人々よりは卓越した人間であり、どんどん萎んでいくような時代において毎日より優れた存在へとなっていくことの期待があったのである。彼は侏儒たちの中で今なお巨人であり、盲人達の国の中での隻眼の君主である。

彼の研究生活の詳細や創作時間についてはほとんど分かっていないので、それについて言及すべきは少ししかないだろう。リチャードソンはこういった点については非常に熱心に探求していたが、彼は、ミルトンは常時他の人たちよりも別格であると願っているかのようで次のように述べている。
「彼は一晩中徹夜して活動に勤しんでいたが、詩行を一つも作れなかった。だがそうしていると、突如として詩的能力が閃光のように彼に急襲し、すぐさまに娘を呼び出してその閃きを書き取らせた。ある時は一気に四十行分くらいの分量を口述して、それを半分くらいの量に凝縮した」

このような光の一閃、闇の蠢動、着想が意志に超然として刹那にして現れては消えゆくような様子は、自然の一般的な性質を超越しているような趣がかなりあるので、驚異を愛する人たちによって熱心に注目されるものだ。だが実際はこのような変則的なものは、肉体活動にしろ精神活動にしろ、誰にでもどのような営みにでも見られることであり、例えば職人も自分のハンマーとやすりを毎回毎回同じような器用さで取り扱えるわけではない。自分でも分からないが、いわば「調子が出ない」という時はあるものだ。リチャードソン氏のミルトンをやたらと特別視する言及は、それほど間に受けるべきではない。ミルトンが知的労働を行っている時に、娘を呼び「着想を書き下ろさせた」というのには疑問符がつく。というのも、娘は書くという行為を教わったことがないことが不運にも知られているからである。そして仮に書く能力があったところで、ミルトンが自分の着想を書き下ろすために誰かを呼んだりする必要があったという広く知られた主張もやはり信用できない。

彼の非凡な素質にこういった凡庸な説明を加えるのは他の著作家たちにも言われている。無論創作力に溢れて豊かな精神力を確かに持っていることに疑いはないが、どうもそういったことを強調させるために無思慮な凡庸めいた話が語られてきたようである。

伝えられてはいるがそれ以上の詳細についてはもはや知りようがないものとして、自分の詩作の大半を夜と朝に行ったというのがある。その場合はおそらく、日常の些事に煩わせる前に行ったのだろう。そしてそれが終わると、一気呵成に「予想しなかった詩行」が迸りだしたのである。脚韻の面倒さから解放された彼の自由な詩作は、特にこのように長大な作品の場合、即興的でかつ習慣的に書き上げられる必要があったのだろう。そして一旦自分の着想がまとまったら、それらの言葉を一気に注ぎ出すのだろう。『失楽園』のどの部分が彼の人生のどの時期に各々書かれたかはほとんど分かっていない。第三巻目の冒頭において、彼は盲目になったとしている。そして第七巻の序文で、国王の復位は詩人である彼を不満に曇らせた旨を述べている。さらに王政復古の淫らなどんちゃん騒ぎにも嫌悪を抱いている。執筆時期についての言及はこれが全てである。謀反の罪により罰せられる可能性が今や完全になくなったミルトンにとっては、今では静かに平穏に暮らしていくこと以外は何も要求されず、その暮らしも権利として一般的に守られるものが認められていた。だがこれは国王による詮索により逃げ隠れていた時に比べれば期待以上の提供とすら言ってもいいかもしれないが、それも彼を満足させなかったようである。というのも、彼の身が安全になるや否や、「邪悪な日々と邪悪な言葉の只中に陥り、闇と危険に囲まれていた」ようになり、身の危険が迫っていると感じてしまったのである。彼の両目がもっと有益な形で活用されていたなら、盲目になったことは間違いなく同情されていたことだろう。だがこのような具合での危険について言及するのは、忘恩であり正義に悖るものである。彼は確かに「邪悪な日々」に陥ったことだろう。国王反逆者たちが自分たちの悪行についてもはや自慢できるような日々にではなくなっていたのだから。だが「邪悪な言葉」についてミルトンが不平不満を漏らすのは、いかに彼が他の点では傑出していようと、それと同じ程度なくらいに傲岸無礼というものである。ミルトンが相手を非難する時の荒々しさや野蛮と言えるくらいの傲慢さは、一切容赦のないものであったことは最も熱心な支持者ですらも認めざるを得ないものである。

だがミルトンに危険が迫っているということ自体がそもそも勘違いであったようだ。というのも、隠遁して以来の人生で真面目なものにせよ冗談半分にせよ、彼に何かしらの批判が加えられたことは、記録に見当たらないからだ。詩作研究や娯楽に只管に専心し、迫害されることも悪意や侮辱を受けることもなかった。譬え誤って使用されることがあったとしても、卓越した才能に対して世間は敬意を払うものである。ミルトンの学識と機知に対して思いを馳せる者たちは、その能力に免じて彼の国王への痛罵は水に流すことにしていたのである。

一六六五年にペストがロンドンに蔓延した時に、ミルトンはバッキンガムシャーのチャルフォント・セントジャイルズへと避難した。エルウッドがその地域の住処をミルトンのために手配していたが、そこで彼は初めて『失楽園』の完成した形での作品を見たのであった。そしてそれを熟読した後にミルトンに次のように言った。「あなたは『失楽園』については色々とたくさん話されましたが、『復楽園』についてはどのように考えているのですか？」

翌年になり伝染病の危機が落ち着いたら、バンヒル墓地近辺に戻り、その詩作を出版する計画を立てた。そのためには許可が必要であったわけだが、カンタベリー大主教の助任司祭からは好意を期待できる立場にはなかった。だがそれでも彼は、寛大に取り扱われたようではある。そして確かに第一巻における日蝕の明喩等も含めていくつかの部分に関して反感を被りはしたが、出版の許可は最終的に出されることとなった。そして彼は原稿を一六六七年四月二十七日にサミュエル・シモンズに即金五ポンドで売り払い、初版が千三百部売れた場合に更に五ポンド、第二版が売り切れた場合もその時に五ポンド、第三版が売り切れた場合ももう五ポンド支払われるという契約も取り交わした。三版目までは発行部数は千五百部を超えないという取り決めになっていた。

初版は全十巻で、小型四折判であった。タイトルは毎年変更されていた。そして広告や本の注釈が記載されていない部もいくつかあった。

出版されてから二年後、ミルトンが決められていた二番目の支払いを受ける権利を獲得し、一六六九年四月二十六日付の署名入り領収書がある。第二版は一六七四年まで出版されなかった。それも小型四折判によって出版され、また、初版での第七巻目と第十巻目が分割されて合計十二巻になり、他にはいくつかの加筆修正が施された。第三版は一六七八年に出版された。版権を移譲されていたミルトン未亡人は、八ポンドで彼女の持っていた権利全てをシモンズに売却したことが、一六八〇年十二月二十一日付の領収書によって確認できる。シモンズは二十五ポンドで当作品の出版権利の全てをブラバゾン・エイルマーに売り渡すことにすでに同意していた。一六八三年八月十七日に、エイルマーは版権の半分をジェイコブ・トンソンに売り渡し、残りの半分も一六九〇年三月二十四日に売り渡したのだが、その価格は随分と高騰した状態にあった。失楽園の出版変遷についての言及なら、こういった些事な金銭話を読んでも煩わせられるよりも楽しいと読み手は思うのではなかろうか。

この詩作の売上はじわじわとした速度でしか伸びず、話題にもならなかったのであり、それらこそ優れた作品も無視されることがあり、文学的名声が不確かなものだという証拠として常に挙げられるものである。この偉大な作品が長い間注目されることなく、相当な時間が経過してからようやく受け入れられるようになった原因については色々と考察され、推論が述べられてきた。だがそもそも本当に不遇の時期は長かったのだろうか?実際にはそうではないのに、この作品が不当に扱われたとして勝手に嘆いたり驚いたりしているのではないだろうか?

チャールズ二世とジェームズ二世の治世において、実際『失楽園』が公から喝采を浴びなかったことは否定の余地はない。機智や文学は宮廷の好みに左右されていた。そして宮廷において流行の寵児となろうとする人なら、誰が国王への反逆者を擁護するというのだろう?ミルトン自身が「邪悪な日々」における「邪悪な言葉」において自己に相応のものと期待するのは、せいぜい無言の敬意を受け取ることであり、それは十分なくらいに彼は受け取っていたのである。だが、だからといって彼の詩作が読まれなかったり、譬え意に反しようと、称賛されていなかったわけではない。

実際の販売売上を吟味してみれば、公は決して名作の評価に関して完全に節穴であったというのではないことが分かる。過去について自分が生きている時代の基準でしか判断が下せない者は、自分の抱く結論について常に疑問を持つべきである。ミルトンの時代においては今の時代ほどに本が読まれていたわけではない。読むという行為は当時一般的な娯楽ではなかったのだ。商人でも、紳士ですらも大抵の場合、無知であることが恥辱であるとは感じていなかった。女性は文学に憧れを持つことはなかったし、全ての家庭に本棚が設えられていたわけではなかった。自分に学があると自称している者は、もちろん他のどの時代よりも学識はあった。だが娯楽や達成感のために、あるいは昔の内容でも現代的な印刷体裁が施されているのを獲得するために、本に手を出す中間層的な位置付けの学徒たちは比較的少なかった。読者が少なかったことの証として、一六二三年から一六六四年まで、つまり四十一年間で、シェイクスピアの作品群は二回しか版を重ねておらず、そしてそれらを全て合計したとしてもおそらく千部を超えることはなかったということを言及すれば納得していただけるのではなかろうか。

『失楽園』が二年間で千三百部売れたことが、当時作者に対して反感を持っていた人が多く、また文体が全く見慣れぬものであり、多くの人間にとって不快なものであったことを鑑みれば、天才が広く認められたという稀有な例である。売上は最初即座に伸びていったわけではなく、当時は販売形態が今ほど発達してイギリスの読者数に追いついていなかったのである。十一年間で売れたのはたったの三千部であり、それを販売促進することなしに押し進めたし、その作品の賞賛者たちも自分の意見を公表しようとは思わなかった。さらに、現在のように広告を打つことによって注目を向けさせるような手法も滅多に取られていなかった。新刊の出版の宣伝広告というのは、高尚であったり晦渋であったりしない一般向けの本によって現在のイギリスのあらゆる階層に浸透していった手法なのである。

だがその作品の名声と価格は上がり続け、名誉革命が遂げられるとその作品を愛好していることを秘匿することもなくなり、『失楽園』を公然と称賛しても問題はなくなり公の場へと闖入していったのである。

ミルトンが自分の作品が静かに世間に浸透していき、己の名声がある種の地下水脈をこっそりと恐怖と沈黙を通して辿っていくのをどんな気持ちで見ていたのか、それを推測したくなる気持ちを抑えることは難しい。私としては彼が穏やかに確たる様子で、それでいて少し落胆はあるが決して絶望するようなことはなく、自分の優れた点を揺るがぬ気持ちで自負しつつ、いつの日か世間の意見が変わっていき、未来の世代が公平な判断を下してくれるのを待っていたと思う。

その間にも彼は学問研究に励み、とても奇抜な方法で自分の失明を補った。フィリップは次のように説明している。

「我らの著者には毎日誰か朗読のために人物が付き添っていて、相応の身分の人たちが自発的に彼の付添朗読者となるための機会を熱心に求め、彼に朗読させることによってその報いとして利益を引き出そうとしていた。そういう人の他にも、同じ理由で親に命じられるままに若者たちがやってきたこともある。詩人の長女だけは肉体的な障害があり言葉をうまく発することができなかったゆえに朗読を免除されていた（だが正直にいうと、免除した主な理由はそれとは思えないが）。残りの二人の娘は朗読する罰が命じられていて、ミルトンが要求した本の言語が何であろうと正確に発音していく必要があった。それらの言語とはつまり、ヘブライ語（シリア語もあったと思われる）、ギリシア語、ラテン語、イタリア語、スペイン語、そしてフランス語である。これらの類の本を、内容がびた一句わからないのに正確な発音で読んでいくというのは、忍耐の限界を超えてしまいそうなくらいの我慢が大いに要求されるに違いない。長きに渡って二人はなんとか耐えてきたのだが、この仕事の煩わしさをいつも隠し通すというわけにはいかず、次第に不平不満が漏らされるようになった。それ故最終的には、長女も含めて三人は女性が学ぶに相応しいとされる繊細で創意工夫が必要とされる手仕事（特に金や銀を刺繍するもの）を習いに出されることとなった」

このような知的作業の悲惨な情景を思い浮かべると、嘆き悲しむべきは娘たちか父なのか判断しかねる。理解できぬ言語を読んだところで喜びを覚えることはないし、意味を伝えられることも滅多にないだろう。このように周りを当惑させてもなお本を書こうと決意している人物が少ないだろうし、そういう少数の人たちは必然的にそうそういないより優れた助手を欲しがるものだろう。

『失楽園』が世に出てから三年後の一六七〇年、彼はジェフリー・オブ・モンマスの寓話を元にして、ノルマン人の征服まで語った『英国史』を出版した。その第一部は世間では正しくないとされミルトン本人もそう思っていた節があるのに、どうしてそれを書こうとしたのかを推測するのは難しい。文体は殺伐としているが荒々しい熱意みたいなのが込められていて、それが魅力的に感じることはあるかもしれないが、読んでいて楽しいとは言えない。

この歴史書に検閲者たちは再度牙を向けて、印刷に回す前にいくつかの箇所が破り捨てられた。当時の聖職者にも該当する部分もあったから、サクソン人の修道僧を非難した部分は撤回された。さらに長期議会や聖職者会議の特徴について取り除けられた。その部分については原稿をアングルシー伯に渡した。後になって出版された時以降は、本来の箇所に挿入されることとなった。

その翌年の一六七一年に、『復楽園』と『闘士サムソン』が出版された。後者は古典を模倣した悲劇だが、上演されることを意図して書かれたわけでなかった。これらの詩作は別の出版業者によって出版されたため、シモンズは前作『失楽園』の売上が緩やかであることに落胆したのではないかという疑問が浮かぶ。百年前、どうして著者が出版業者を変更したのか、私には見当もつかない。とはいえ、二年間で四折書物が千三百部も売れたのだから、シモンズが後悔していたわけではあるまい。


ミルトンが『復楽園』をエルウッドに見せた時、ミルトンはこう言った。「これはお前のおかげだ。チャルフォントでお前が質問してくれて、この主題について教えてくれなかったら、思いつくこともなかっただろう」

ミルトンは自分の最後の詩作が好みであった。エルウッドが言うには、彼は『復楽園』よりも『失楽園』の方が好まれているという意見を聞くことに耐えられなかった。自分の作品を判断することについて著者はさまざまな理由で不公平になるものである。自分が苦労した作品には高い評価を与える傾向があるが、それは自分の骨折れる労力が無駄にはなってほしくないからである。大して苦戦することなく出来上がった作品は活発な力量と豊かな着想がある証拠としておけば良い。最後の作品は、譬えそれが何であろうと、必然的に最新であるゆえに高い評価が下される。ミルトンもどんな経緯があったにせよ、この偏見からは逃れられておらず、同じようなことを行った。

この作者の多様な業績、広範囲に及ぶ理解力がこの偉大な作者に敬意を払わせるものだが、さらにそれに人文学に対してどんなくだらない労力も決して厭わなかったという一種の慎ましい威厳についても付加してもいいだろう。叙事詩人、論争家、政治家という偉い人物が、自ら降りて子供たちのために基礎文法の書物を執筆していったのだが、晩年においては哲学において生徒を先導していくために論理学に関する書物を著したのである。それは一六七二年に『ラメー[24]の方法に基づく論理学の新たな体系』として出版された。この本においてさえ、大学に対して敵意を表す意図があったのかどうかは私には判断がつかない。というのもラメーはスコラ哲学を攻撃した最初の人物たちの一人であり、大学の閉鎖性を独自の説を用いてかき乱したのである。

彼の論争好きな性格が再度蘇ってきた。長期に亘って身が安全な境遇にいたことから恐怖と

24　Pierre de la Ramée (1515-1572): 十六世紀フランスの論理学者。ラテン語名は Petrus Ramus であり、プロテスタントに改宗したことによりサンバルテルミの虐殺にともない殺害された。論理学についての本をラテン語で執筆していた。

いう感情も忘れてしまい、『真の宗教、異端、寛容、そしてカトリック信者の拡大を阻止する最良の方法についての論考』という文章を刊行した。

だがこの小冊子は慎ましく描かれており、イングランドの教会と教理規定の三十九箇条に対しては敬意を以て言及されている。彼の寛容に関する原理としては、それが聖書において十二分に適っているかという点にあり、どのような意見であろうとも聖書に基づいていると主張する者全てに寛容を適用するべきだと述べている。カトリック信者というのは聖書以外を根拠としているのであり、そのためミルトンとしては、公私を問わず礼拝の自由を一切認めるべきではないとしている。カトリック信者は自分たちが良心に基づいて行動していると意見しているが、それはミルトンが言うには「聖書に基づかないような良心になぞ敬意を払う必要はない」とのことである。

ミルトンのこういった理論については納得しかねる人も、彼の機知については笑ってしまうかもしれない。彼はこう言う。「ローマ・カトリックというのは、教皇の多数ある教書の一つが定めたものに過ぎないのであり、それは極めて普遍的（カトリック）であり、普遍的（カトリック的な）分離主義である」

他方で、もっと真剣に語っている部分もある。カトリックに対する最良の防壁について、聖書をひたすら精読することを推奨し、それはどれほど多忙な人でも決して免除されると考えてはならぬことと警告している。

この頃、自分の若き頃の詩作を加筆した上で再度出版した。晩年になって、出版することに喜びを抱くようになったようで、ラテン語で書かれた私的書簡集を送った。それだけでは一冊分として分量があまりに少ないので、大学時代の課題も多少付けたのであった。それが彼の若き日々を思い起こさせることから熱心に読んだのだろうが、ミルトンという著者名に敬意の念が思い起こさせることがなければ、他人にとっては読む価値のないものである。

六十六歳になった時、長きに渡って彼を苦しめていた痛風が衰弱していた彼を一気に追い込んでいった。彼は一六七四年十一月十日に、バンヒル墓地近くにある自宅で、静かに呻き苦しむことなく息を引き取った。そしてその遺体はクリプルゲイトのセント・ジャイルズ教会の父の隣に埋葬されたのだった。葬式には多数の人たちが参列し、その様はとても華やかなものだった。

彼の墓には墓碑がなかったとされていたが、私の時代になるとウェストミンスター・アビーに「『失楽園』の作者に」と刻まれた記念碑がベンソン氏によって建てられた。ただその碑文にはミルトンよりもベンソン氏についての言葉が多く使用されていた。

フィリップの記念碑の碑文においては、「彼はミルトンにのみ劣る」と刻まれていたが、それを当時ウェストミンスター・アビーの首席司祭であったトマス・スプラット博士が目にした時、そのような文章が刻まれていることを拒絶した。というのも彼としては、ミルトンの名前は祈祷のための建物の壁に目にするのはあまりに忌まわしいことだと考えていたからだ。彼の後任であったアタベリーは、その碑文の作者だったので、そのままにしておくことを許可した。グレゴリー博士は「世論の変動とはそういうもの」と言っていたが、次のようにも述べたのを耳にした。すなわち「その男の名前はその教会の壁を汚すものと私は以前思っていたが、今では胸像が教会に建立されることをこの目で見ている」

若かりし頃のミルトンは極めて美貌な顔立ちであったという評判であり、在学中、大学のレイディと呼ばれていた。彼の髪の毛は薄い茶色で、額の真ん中で分けられていて肩にまで垂れていて、アダムを描いた姿とそっくりである。だが彼の体格は英雄的であったとは言えず、どちらかというと平均以下であったリチャードソン氏は述べていて、さらに「チビで太っちょ」にぎりぎりなるかならないくらいであったと説明している。活力旺盛で、フェンシングを好み、その技法は極めて卓越していたとのことである。彼の使っていた武器は細身のレイピアではなく片刃のバックソードであったと私は思っている。というのも彼の教育について書かれた本でその武器の使用を推奨しているからである。

目は決して輝くようなものではなかったと言われている。だがフェンシングに優れていたのなら、かつては視力も良かったのであろう。

自宅での生活様式は、知られている限りでは、厳格な学徒そのものであった。アルコールの強い酒を飲むことはほとんどなく、食事も過剰に摂ることはなく、若い頃は食事を選り好みすることもなかった。若年時代彼は深夜まで学問に励んだが、やがて生活習慣を変えるようになり、夏には二十一時から朝四時、冬は朝五時まで睡眠をとった。彼が失明した後の生活習慣はよく知られている。まず起床したらヘブライ語聖書を一章分朗読してもらい、そして昼十二時まで勉強した。その後は、一時間ほど運動して昼食を摂った。食事を摂るとオルガンを演奏し、歌ったり歌を聞いたりした。それが終わると十八時まで学問に励み、そして二十時まで訪問者をもてなした。その後は、夕食をとり、タバコで一服しコップ一杯の水を飲むと、就寝したのであった。

彼の生活はこのようなものだと言われているが、このような規則正しい生活を毎日続けるのは大学寮のみで可能である。世間に出れば、自分の生活習慣が中断されたりかき乱されたりすることはざらにある。ミルトンには訪問客が多数いたものとされているが、彼らは思わぬ時に来訪し、居続けたことだろう。誰にでも仕事というのはあるが、それは周りに合わせる形でやらなければならないのだ。

早起きする必要がない時は、寝台の側に朗読してほしい本が何かしらあった。おそらくその時は、娘たちがそれを行っていたのだろう。彼は朝に精力的に創作し、昼になると肘掛け椅子の肘掛けに足を置いて斜めに身を傾けて座りながら口述した。

財産状況についてはあまり芳しいものではなかったようだ。内乱中は自分の所有地を議会へと貸した。だが大体の結末が見えてきたら、その返還を要求すると単に無視されただけではなく、「辛辣な非難」を食らったのである。そして自分と友人が共にうんざりした気持ちになり、貧困でやり場のない激しい怒りだけが残ったのである。それは彼がもっと有用な人物であることを示せるまで続いた。その後は、彼は年収二百ポンドのラテン語の秘書となり、『イングランド国民のための第一弁護論』の執筆において千ポンド受け取った。彼の未亡人は、夫の死後にチェシャーのナントウィッチに隠居して、一七二七年に死去したが、彼女が言うにはミルトンは二千ポンドを公証人に委託した結果喪失したとのことである。さらに、教会の略奪が頻繁に行われていた頃、彼は年収六十ポンドの収益を運んでくるウェストミンスター・アビーの土地を奪い取ったが、反乱の際に略奪行為に手を染めた他の人たち同様に、その土地も返還させられることになった。さらに収税局に預けていた二千ポンドも失った。だが彼が貧困に瀕していたということは一回もなかったと考えていいだろう。というのも彼の乏しい物欲は全て完全に満たされていたからである。彼は自分が死去する前に書物を売り払い、残された家族に千五百ポンド残していったのだが、それを未亡人が独占し、三人の娘たちには各々百ポンドしか渡さなかった。

彼の文学的な学識が偉大な水準にあることは疑いの余地がない。学識者として、教養人として必要とだとされている言語は全て読むことができた。ヘブライ語とその二つの方言（カルデア語とシリア語）、ギリシア語、ラテン語、イタリア語、フランス語、スペイン語。ラテン語については著作家、研究者において最高級の水準にあった。イタリア語についても非凡な勤勉さを発揮し、相当高い水準にあった。普段朗読をしていた娘によれば、彼の最も愛読していたのはホメロスの作品であり、彼はそれらをほとんど暗唱することができるレベルにあった。そしてオウィディウスの『変身物語』とエウリピデスが続く。クラドック氏の好意によって、彼の手にしていたエウリピデスの本は私の手元にある。余白の部分に時折彼の筆跡があるが、それには注目に値するところはない。

イギリスの詩人において彼が最も高く評価していたのは、スペンサー、シェイクスピア、カウリーである。そしてどうやらスペンサーをその中でも最も好んでいたようだ。他の学識ある読者のようにシェイクスピアを好んだことは容易く想像できるが、ミルトンとは卓越した側面が全く異なっていたカウリーも高く評価しているのは個人的には意外であった。時々ミルトンを訪問していたドライデンに関しては、韻を踏むのが得意だが、彼は詩人ではないとしていた。

ミルトンの神学思想は最初はカルヴァン主義であったとされる。後になって長老派と縁を切り、アルミニウス主義[25]に傾いていったようである。神学と政治の両方が絡んでくる問題においては、カトリック主義と高位聖職者たちによる監督制度からどれだけ距離を取っても取りすぎることはないとしていた。だがバウディウス[26]がエラスムスについて述べた次の言葉がミルトン

25　Arminianisme: オランダのヤーコブス・アルミニウスがカルヴァン主義の予定説に疑問を持ったことから生まれた、カルヴァン主義の傍流的主義。現在ではメソジスト派などがこの立場に立っている。

26　Dominicus Baudius (1561-1613): 十六世紀から十七世紀のフランスの詩人。フランス語表記は Dominique Baudier と推定される。ラテン語詩の作家として名声を得て、ライデン大学の修辞学の教授の地位も得た。

においても当てはまるだろう。「彼は従うよりも逆らうことを得意としていた」。彼は賛同するより批判する者として自分の立場を決めていた。さらに、彼はプロテスタントのいかなる宗派に属することはなかった。彼が何であったかより、彼が何でなかったのかの方が彼の実像をわかりやすく掴めるだろう。ローマ・カトリック信者でもなかったし、イングランド国教会に属してもいなかった。

とはいえいかなる教会にも属していないというのは危険である。宗教の報酬はその場ではなく長期的に与えられるものであり、信仰と希望によってのみ活力づけられる。外部から強制され、明文化された礼拝の義務や模範による有益な影響が心に刻まれていかなければ、次第に私たちの精神から心の活発さは喪失されていくのである。ミルトンはキリスト教の真理について全く疑うことはなく、最も深い敬意の念を聖書に向けていて、世間のいかなる異端的な逸脱に染まることもなく、神の摂理が直接的に日常的に自分達に作用することを固く信じて生きていたが、それを礼拝において明確に示すことなく年を重ねていった。生活の時間配分を見てみると、一人でいようと家族といようと祈りに捧げている時間がない。公的な祈祷を排除するといって、祈祷の時間を全て彼は省いてしまったのであった。

祈りの時間を省いてしまった理由については色々と仮説が立てられてきた。人間というのは自分の行動が正しいものだと思い、理由を見つけてはその行為を正当化させるものという前提があるが、それは実際どうなのかと思う。ミルトンにとって、祈祷の時間というのは余計なものだと思っていたとはとても考えられなく、実際に彼は人間の元祖のアダムとエヴァが無垢だった時も、堕落した後も正しく祈っていた様を描写していたからである。彼が全く祈りとは無縁であったとは絶対にあり得ない。彼の学問研鑽と瞑想が日常的な祈りであったのだ。家庭での祈祷行為の省略は、おそらく自分自身も責めていた咎であり、彼としてはそれを矯正したいとは思っていたが、よくあるようにそれを実践するよりも早く死去してしまったのである。

ミルトンの政治的な考えは辛辣で暴力さえも孕んだ共和主義的なものだったが、共和主義を支持する理由としては「君主制の装飾費用だけでも国家の平均的な福祉を維持できるのだから、大衆的な政治が一番金がかからない」という以上のものはなかった。金銭を善政の基準とするのは実に浅薄な政治思想と言えよう。宮廷の維持と出費も大部分において、金銭は内部循環する類のもので国家にはいかなる金銭的負荷を課すことのないものだが、そのことを考慮せずともとにかく浅いと言うしかない考えである。

ミルトンの共和主義は、偉大さに対する嫉妬的な憎悪、そして自立への陰湿な欲求に基づいているのだと思わざるを得ない。支配されることへの落ち着かぬ苛立ち、優位者に対する軽蔑のこもった自尊心とも言える。国家において国王を、教会では高位聖職者たちを嫌っていた。自分が従わざるを得ない人物たちを全て嫌っていた。彼の欲求は作り上げることよりも、破壊することが大部分を占めており、自由を愛していたというより権力を嫌悪していたと思わせる節がある。

自由を声高に求める者が、他者にも喜んで与えるとは限らないことはよく知られている。ミルトンの家庭内の人間関係においては、厳格で自分本位であったということが分かっている。家族はミルトン以外全員女性であった。そして彼の著作を読んでいると女性は従属し、男性に比べて劣った存在であるというトルコ人めいた軽蔑が見受けられるのである。自分の女たちが自分よりも優位にならないように、卑しく貧しい教育しか施されなかった。彼は、女は服従するために存在し、男は反抗するために存在するとしている。

ミルトンの血縁関係についてある程度具体的に述べておきたい。姉は最初フィリップ氏と結婚し、その後に最初の夫の大法官庁国璽部の職を引き継いだ友人であるエイガー氏と再婚した。彼女は最初の夫とエドワードとジョンを設けたが、彼らは甥としてミルトンに教育された。そして第二の妻とは二人の娘をもうけた。彼の弟のサー・クリストファーには、メアリーとキャサリンの二人の娘がいた。息子のトーマスもいて、彼は大法官庁国璽部のエイガーの職を受け継いだ。その娘のうちの一人は一七四九年にグロヴナー通りに今も存命である。

ミルトンは最初の妻としか子供を設けていない。アン、メアリー、デボラである。アンは肉体に障害を抱えていたが建築請負師と結婚し、最初の出産において亡くなった。メアリーは独身のまま死去した。デボラはスピタルフィールズの織工エイブラハム・クラークと結婚し、一七二七年八月に七十六歳の年齢で死去した。世間がよく言及したのはデボラである。彼女はホメロスと『変身物語』の冒頭の一行と、エウリピデスのいくつかの箇所を何度も朗読したことから暗唱できた。だがどうにも本当かどうかは疑わしい。内容を理解できないような箇所を暗記できるようになるまでは何度も何度もそこを読まなければならない。そしてどうしてミルトンは同じ箇所を何度も繰り返し聞く必要があったのか？これらは詩の冒頭部分にあったのである。内容が理解できぬ言語で書かれている作品なら、その文が冒頭だろうと結末だろうと関係ない。逆にその言語を理解できるものにとっては冒頭部分が一番覚えやすいことから、それを何度も読んだり聞いたりする必要は滅多に起こらないものである。ミルトンがどの箇所でも何度も、娘が暗記してしまうほどに、聞かせるように命じたことは考えにくい。それどころか冒頭部についてはー回でも読んでもらう必要がなかった可能性が高い。さらにいうと、娘が不得意な音で朗読していくという苦役と言えるようなことにうんざりしながら、自発的に暗記していったことも考えにくいのである。

ミルトンの令嬢デボラにアディソンは贈り物をして、住居を用意することも約束したが、彼女は間もなく死去してしまった。キャロライン女王が彼女に五十ギニーを贈呈した。彼女には七人の息子と三人の娘がいた。だが息子のケイレブと娘のエリザベスを除いて誰も子供を儲けることはなかった。ケイレブは東インドのフォート・セイントジョージへと赴き、二人の息子を儲けたが、二人については今では何も分かっていない。エリザベスはスピタルフィールズの織工トマス・フォースターと結婚し、七人の子供を出産したのだが、彼らは皆亡くなっている。彼女は小さな食料品店あるいは雑貨店を経営しており、最初はハロウェーに、後にはショアディッチ教会近くのコックレーンで店を開いていた。彼女は祖父ミルトンについては少ししか知っておらず、その少しもいいものではなかった。ミルトンが娘たちを厳しく扱ったこと、そして書く行為を教えることを拒んだことについてデボラは語っている。また、他の人が伝えるところとは異なり、ミルトンは食生活において慎ましくはあったが美食家であったとも述べている。

一七五〇年四月五日に、ミルトンの孫娘デボラのために『コウマス』が上演された。彼女は娯楽や社交にはほとんど縁がなかったので、慈善行為として上演されたその作品も何を意味しているのか分からなかった。その夜の利益はたった百三十ポンドであったが、ニュートン博士は多大な寄附を行っていたし、名声を博すにふさわしい名をもつトンソン氏は二十ポンド贈呈した。これらの合計百ポンドが株に投資されたが、彼女と株の名義人となる夫との間に結構な諍いが起きた。残りについてはちょっとした利益がもたらされ、彼らはイズリントンへと引っ越しした。これが『失楽園』がその著者の子孫たちにもたらした最大の恩恵であった。なおその著者の人生を伝え記そうとしている人物、つまり私がその上演に際して、前口上を献呈するという栄誉を授かった。

ミルトンの詩作を吟味、検討するにあたって、作品の時系列に相応に注意を払い彼の若い頃の作品から始めたいと思う。初期の作品においてはあまり褒められない対象に傾倒していたようである。彼は一旦書いたものは全て保存しようと決心しており、「自分がやったことに全く満足できない」として筆を途中でおいた未完の詩作ですら公開した。おそらく読者は自分ほど理解力はないと思っていたのだろう。彼の将来行われる労作の序奏ともいうべきこれらの作品は、イタリア語、ラテン語並びに英語によって書かれている。イタリア語のものについては、私は批評家として語る資格があるとは思っていないが、優れた人物がそれらの作品の出来について賞賛しているのを耳にしたことがある。ラテン語のものについては心地よい優雅さが備わっている。だがそれらを読んで得られる楽しさというのは、着想力とか感情の迸りというよりも、古典作家の卓越した模倣や用語の純粋さ、韻の調和等からくるものである。それらは全て同じ水準の出来ではない。哀歌の出来は頌歌を上回っている。そして火薬陰謀事件に関した習作は特に論じなくても良いだろう。

英語によって書かれた詩については『失楽園』を期待させるようなものは何もないが、どこからか借りてきたものではない独創性を放っており、天才性の片鱗が窺える。だがその個性が優れているとは言えない。他の詩人と異なっている点があるとしたら、それは悪い意味で異なっている。というのもそれらはあまりに反感を抱いてしまうくらいに粗野であるからだ。言葉の組み合わせは確かに斬新だが、決して読んでいて愉快なものではない。脚韻と形容詞の使用において大いに考え抜いたことが窺えるが、使用においては無理矢理感が強い。

若い頃の創作において相当気を遣って書いていったことは、彼の手稿から分かる。幸いにもそれはケンブリッジ大学において保存されており、そこに保存されている最初に書かれたいくつかの小品から、何度も加筆訂正を行った跡が見えるのである。それらの遺品を見れば、どのように卓越した技量を身につけられるかが分かってくる。つまり楽々と進めていきたいのなら、最初は勤勉にあたることを学ばないといけないということである。

この偉大な詩人の美しさに感嘆する者の中には、彼の小品についても不当なほどにやたらと褒めあげることに固執する者もいて、単に奇抜というだけなのに賞賛すべき作品として看做してしまうのである。基本的に短い詩作というのは端正さと優雅さしか長所として醸し出せないというのが一般的である。ミルトンは小さな作品を優美さを添えて完成させる術を決して獲得することはなかった。上品さや柔和さという優れた穏やかさなど歯牙にもかけなかった。彼は獅子であり、『失楽園』の表現を借りれば「子羊をあやす」技術は皆目持っていなかった。

彼の詩作で大いに賞賛されてきたものに『リシダス』がある。言葉選びは粗野で、脚韻も不安定で、韻律は不快である。それ故その作品における美を見出すには、感情とイメージへと向かわなければならない。本物の情念が発散されていると看做すべきではない。というのも情念というのは遠い仄めかしや曖昧な思想によって生み出るものではないからである。情念というのはギンバイカやセイヨウキヅタの実を摘み取ることはないし、アレトゥーサ[27]やミンキウス川[28]に呼びかけたりはしないし、粗野な「蹄の割れたサテュロスやファウヌス」について語ることもない。話を作りあげるだけの余裕があるところには、悲しみはほとんどないものである。

この詩の中に自然の要素はなく、つまりそれは真理がないからだ。そして芸術性もなく、つまり独創的なものがないからだ。その形式は牧歌であり、小ぢんまりとしていて、通俗的で、要は不愉快な代物である。この詩の描くイメージはとうの昔に表現され尽くしたものである。そして作品にある非現実性は、読み手の心に常に不満を湧き上がらせるのである。カウリーがハーヴィーについて、一緒に学に励んでいたときのことを言及するとき、新たな発見にも共有してきた自分のパートナーがもういないことについてどれほど寂しく思っているのかを想像することは難くない。だが『リシダス』からはこのような愛情を読みとることができるだろうか？

平野へと共に駆けていき、一緒に聞いた
灰色の蝿が暑苦しく鳴らす羽音を
そして羊の群れに夜の瑞々しい露で濡れた草を食ませた

27 Ἀρέθουσα: ギリシア神話のニンフ。元はアルテミスに仕えていたが、ある時河の神アルペイオスに見いだされ、彼から逃れるためにアルテミスが彼女の姿を泉に変えた逸話がある。
28 Mincio: イタリア北部を流れる河川。原文では Mincius 表記であり、同川のラテン語表記と思われる。

彼ら二人が実際に平野へと駆けていったことはなく、草を食ませるための羊もいなかったのを私たちは当然知っている。そしてこの描写が寓意的なものだとしても、結局それが真に意味するところのものは不確かで漠然としすぎていて、意味を見つけようとしても意味があるのかどうかも分からないので結局作品は相手にされなくなっていく。

羊の群れや、雑木林や、花の中から異端の神が現れる。ユピテルとかポエブス、ネプテューンとかアイオロスがやたらと長々しい神話的なイメージを引きずってやってきて、いかにも学校で学んだような代物である。結局あるのは羊飼いが自分の友人を失い、羊たちに独りぼっちで餌をあげなければならず、自分の笛の感想を教えてくれる人が誰もいない状態にあり、ある神が別の神にリシダスはどうなったのかを聞いたが、結局どちらにも分からないままだったという程度の知識と着想しか読み手に提供しないのである。このような悲しみに沈んでいる者に共感を抱くことはなく、仮にこの作品を褒めたとて、そこに栄誉的なものは何もない。

この詩にはさらに大きな欠点があり、このような取るに足らぬ作品の中において畏敬の念を以って接するべき神々の真実性があるのであり、それらはかような不敬を組み合わせることにより汚されてはならないものである。羊飼いについても同様なことが言え、当人が羊の世話人だったかと思えば牧師になってキリスト教徒の監督者になったりする。このような曖昧な多義性は常に力量不足からくるものとしている。だがこの詩においては無礼であり、少なくとも不敬に近いものがあるが、どうも作者はそのことに気づいていないようである。

名声を得るというのはまさしくこういうことであり、つまり権威的なものによって作品をやたらと輝く目で見てしまい、丁寧な吟味検討の目を向けなくなるのである。作者の名前をあらかじめ知らなかったら、『リシダス』を読んで楽しい気分になった人は決していなかっただろう。

『快活な人』と『沈思の人』の二作については、賛否が分かれることはないと思われる。それらの作品を読む人は、皆楽しみを見出すことだろう。シーボルドが言及したように、それらの作品における作者の意図は、同じ対象でも陽気と陰鬱な人物、あるいは気分（人は気分が変わっていくものである）にはどのような作用の違いがあるのかを描写することよって対象が人間精神から色合いを引き出すのかを表現しているだけではない。それだけではなく、絶えず変化していく対象において、多様に移ろいでゆく人間精神がそこからどのように喜びを引き出すのかという点を示している。

陽気な人は朝に雲雀の鳴き声を聞く。物思いに耽っている人は晩にナイチンゲールの鳴き声を聞く。陽気な人は雄鶏が威張って歩くのを見て、角笛の音と猟犬の声が森に響くのを聞く。そして「他人から見られるように」歩いて行き朝日の栄光を眺めようとしたり、乳搾りの娘の歌に耳を傾けようとしたり、農夫と草刈人の働きぶりを見ようとする。そして周囲の微笑みいっぱいの光景に目を向けて、美しい住民たちが住まう遠い所にある塔を見上げて、労働または遊びの一日を田舎的な楽しさによって求め、迷信的な無知による空想物語に耽っては楽しい気分になるのである。

物思いに耽る人は、「誰にも見られぬよう」思考に耽る形で深夜を歩いていく。ある夜には、夜の鐘の音を聞くこともある。天気が悪くて外に出られない時は、「燃え盛る残り火」によってのみ照らされる部屋に座り込んだり、あるいは一つしかないランプによって北極星をじっと見つめつつ死者の魂の在処を見出そうとし、悲劇的あるいは叙事的詩作の壮麗なあるいは悲壮的な光景を黙想するのである。曙光が差し込むとき、それは雨と風が漂う陰鬱とした朝なのだが、彼は薄闇の森の中を歩いて行き、流れる小川の横で眠りに落ちたり、憂鬱めいた情念を抱きつつ、予言めいた夢や天上に住まう者たちによる演奏の調べに思いを馳せるのである。

愉悦も憂鬱もどちらも孤独であり、心は静かで誰にも自分の想いを送受せぬ住人である。だから哲学的な友人も、心楽しい同伴者について何一つ言及しない。禍への不安から何か深刻さが引き出されることもないし、アルコールの楽しさから陽気さが引き出されることもない。

陽気さいっぱいの人物は田舎を満喫すると、「建物が聳立する都市」がもたらすものを味わいたくなり、絢爛とした光景、華やかな集いや結婚の祝宴に入っていく。だが実際は、彼がベン・ジョンソン[29]の喜劇とシェイクスピアによる奔放とした劇について知った時、それを見るために単なる観客の一人として劇場へと足を運ぶだけである。

物思いに耽る人の方は群衆においても自分を失うことはなく、修道院の中を歩いたり、聖堂を訪れたりする。ミルトンがそれを書いていた時点ではまだ教会を見限ってはいなかったようである。

二人とも音楽において喜びを見出す。厳粛な調べではプルートーからエウリュディケを条件つきでしか取り戻すことができず、[30] 陽気な調べによって完全に取り戻すことができると、ミルトンは考えていたようである。

陽気な人物が老齢についてどうなっていくのかは描かれていない。他方で物思いに耽る人は人生の締め括りに至るまで大いなる威厳を以て取り扱われている。彼の陽気さには軽薄なところはなく、沈思さには刺々しさがない。

これら二つの詩作において、描かれているイメージは適切な取捨選択がされており、とても上手に書き分けられている。だが言葉遣いの色彩は十分にはくっきりとはしていない。二人の人物がはっきりと分かれているとは私としては断言し難い。憂鬱において歓喜が見出されることはない。それらは両方とも、空想においてもたらされる高貴な作用なのである。

---

29 Ben Jonson (1572-1637): 十七世紀イギリスの詩人、劇作家。シェイクスピアと同時代人で、彼の追悼文を書いたことでも知られている。代表作に『錬金術師』などがある。

30 エウリュディケはギリシア神話に登場するニンフのことであり、毒蛇に噛まれて死んでしまう。それを悲しんだ夫のオルペウスが冥界の主ハデス（ローマ神話のプルートーと同一視される）に生き返らせるよう頼んだところ、「冥界を抜け出す前に後ろを振り返ってはならない」と条件を付けて許可した。この神話を踏まえた文章であると推定される。

彼の若き頃の作品で最も優れているのは仮面劇の『コウマス』である。この作品には『失楽園』の夜明け、いや黄昏を極めてはっきりと見てとることができる。ミルトンは言葉の使い回し、そして詩の作風については非常に早くから確立していたようで、力量が成熟してからもその手法を使いつづけ、そこから逸脱しようと努力したことも願ったこともなかったのである。『コウマス』は彼の言語的な卓越さを示しているだけではない。美徳を賛美し擁護する際の、彼の表現力と感情の力強さも同様な水準で示しているのであり、これよりも詩の真髄を描いた作品を見つけるのは極めて難しい。暗喩、イメージ、そして的確な描写力が、贅沢な装飾語を以てあらゆる箇所を美しく磨く。そういうわけでこれらの連なる詩行を読んでいって、ミルトンの賛美者たちが注ぐあらゆる感嘆の念は確かに尤もなことだと言えよう。

だが戯曲としては未熟なところがある。人物たちの行動が非現実的である。仮面劇というのは超自然的なものが介入するのが許される場面においては、確かに想像力の奇妙な気まぐれさに全て委ねられてしまう。だが行為が人間程度にとどまっている場合は、それは合理的な描き方がされなければならないのであり、妹が道なき荒野において疲れ切って沈んでいる時に二人の兄弟がとる行動はとても理に適ったものとは言えない。つまり彼らは一緒に果実を探し求めて一緒に彷徨い歩き、あまりにも遠くまで行ってしまうからかわいそうな女性を悲しさいっぱいに危険な孤独に置き去りにしてしまうのである。だがこれは、劇のシナリオ展開としてはあり得なくもなく、有用さもあるゆえに大目に見るべき未熟さではある。

より非難されるべき点としては、付き添いの霊により野生の森で聴衆に向かって語られる初めの言葉である。その話しぶりが劇の表現としてはとても反しているものであり、どれほどの先例があったとしても擁護はできない。その霊の語りがあまりにも長すぎるのである。その後に続くほぼ全ての台詞においても同じことが言えるかもしれない。互いに言い合いながら活気立っていき生き生きとした対話が繰り広げられることはなく、むしろ同録的な事柄において予め入念に準備され、型通りに繰り返される大演説のようである。それ故聴衆は感動や不安を覚えることなく、まるで講義を聞くかのように耳を傾けるのである。

『コウマス』が歌う歌は心地よく陽気である。だがミルトンの道徳と詩がどれほど素晴らしくとも、鑑賞者を楽しい気分にさせる方法があまりに通俗的なので、せっかくの内容も聴衆に堕落した楽しみというイメージを湧き起こすこともなく、また危険さではらはらすることもない。

それに続くコウマスとレイディの独白は洗練されてはいるが、退屈である。歌が聞いていて心地よいと感じられる場合、それは歌い手の力量による。やがて兄弟たちが登場するが、状況に比べてあまりに冷静沈着である。妹が危機に陥っているのではないかと心配し、その身を案じているというのに、兄の方が貞操を称賛する演説を行い、弟の方は哲学者であることの素晴らしさについて延々と述べるのである。

そして霊が羊飼いの姿で降臨してくる。兄はすぐに助けを求める代わりに、その歌を賛美し、そこで何をしているのかを尋ねる。この面会において、兄が多少韻を踏んでいることは注目すべきである。霊はレイディがコウマスの手中にあるというと、兄の方はまたもや道徳論を述べて、霊も長々と語り始めるのだが、それは全く無駄と言うしかない。というのもその内容は嘘なのであり、霊という聖なる存在に全く似つかわしくないからである。

全ての箇所に用いられる言葉は詩的であり、感情も豊かではあるが、注目を惹きつけるには何かが足りていない。レイディとコウマスとの間の議論は、この戯曲において最も生き生きとしていて心を打つ場面である。もう少しきびきびとした言葉の応酬があれば注目をひき、劇に夢中にさせられただろうに。

作中の歌は勢いがあり、想像力がふんだんに発揮されている。だが言い回しが粗野で、韻律もあまり音楽的であるとは言えない。

作品全体としては、比喩は大胆すぎるし、言葉も会話にしてはあまりに装飾的にすぎる。これは叙事的な文体で書かれた作品であるが、ぎこちないほどに絢爛すぎるのであり、退屈を覚えてしまうほど教訓的である。

ソネットはミルトンの生涯において様々な時期の様々な境遇において書き上げられた。それらはわざわざ批評するだけの価値はない。どう贔屓目に見ても、悪くはない出来としか評価ができない。そしておそらく十八番目と二十一番目のソネットが少しくらい褒められるだけの資格があるだろう。ソネットの構造はイタリア語には似合うかもしれないが、英語においては合わないのである。英語には多様な語尾があるので、脚韻を頻繁に変える必要性に迫られるのである。これらの小品はさっさと流してしまっていいだろう。真剣に取り上げるべき偉大な作品があるのだから。今から『失楽園』について私は吟味検討していきたい。この詩作は有史以来人間精神が生み出してきたもので、構成力の点では最も優れており、表現力という点ではホメロスに次ぐ二番目にあると看做すべきである。

批評家たちの一般的に意見が一致しているところ、天才として最も相応しいのは叙事詩の著者にあるのである。なぜなら他の作品ジャンルにおいては単一的な要素だけで十分なのを、叙事詩においては全ての要素をまとめ上げる力量が要求されるからである。詩とは理性の助けによって想像力を喚起し、喜びと真理を結合させるものである。叙事詩というのは最も重大な真理を最も喜ばしく教示する役目を負うものであり、そのため何らかの偉大な出来事を最も感動させる手法で描写するのである。物語の基礎となる部分を歴史が作家に提供しなければならないが、それをさらに高尚な手法を用いて作者は発展させ高貴なものとし、劇的なエネルギーをそれに注ぎ込み活力を与え、過去への回顧と未来への期待も加えることにより多様化させなければならない。作品内の道徳はくっきりと分かるように明確にしなければならず、悪徳と美徳の多様な色合いも描かなければならない。実際の人生の信条や実践に基づき、人間性格像や情念（単一、複合問わず）の傾向について髄まで把握しなければならない。生理学により著者はイメージ力や描写力を補足しなければならない。こういった要素を実際に詩において有用に用いるには、自然を描写しつつも空想的なものにも現実性を与える必要性がある。また使用言語の本質を隅々までその髄まで習得せねばならず、言い回しの機微や言葉の色合いの絶妙な違いも理解し、言葉の多様な音を韻律的抑揚に適合させる能力も身につけていなければ詩人としての資格はない。

ボシュによれば、詩人の最初の仕事は道徳を設定し、その作品物語を描写し構築させていく作業はその後であるとしている。実際にこのやり方をとったのはミルトンのみのようである。他の詩人たちの作品における道徳は、偶然的で結果論的なものである。ミルトンにおいてのみそれが本質的で固有内在している。彼の目的は最も有益なもので、最も熱烈なものである。「神への道を人間においての正当性を立証すること」、つまり宗教の合理性、そして神の法に従うことの必要性を示すことにある。

この道徳を示すためには、巧みに構築されたシナリオによる物語が必要なのであり、それにより読み手の好奇心を喚起し、期待で心を捉えることができる。この点において、ミルトンの『失楽園』は他のどの詩人にも後塵を拝することはないことを断言する必要がある。彼は人間の堕落を表現する際に、それに先行する出来事並びにそれに続く出来事を取り入れている。神学上の体系全体を非常に巧みに織り込んでいるので、作品中のどの箇所も欠けてはならないように思えてしまう。そして主要な展開を早めに進行させるために、作品内の語りを切り取ってもいいくらいに余分だと思わせるものもほとんどない。

叙事詩の主題は必然的に重大な意義を持つ出来が対象となる。ミルトンの場合はそれは都市の破壊や植民地の統治、あるいは帝国の建国ではない。主題は世界の運命であり、天と地の革命である。被造物の最上位に属する層によって行われる、至高の王への反乱である。そしてその一団の敗北、そして彼らの罪の罰である。理性ある被造物として新たな種の勃興であり、彼らの本来の幸福と無垢、彼らの不死の喪失、そして希望と平和への復活なのである。

偉大な出来事というのは高い威厳を有する人物たちによってのみ、速められたり遅められたりするものである。ミルトンの詩において顕在している偉大さの前では、他の偉大な要素は全て縮み込んでしまう。彼の描く人物のうち、最も弱い者ですらも人類においてもっとも崇高で高貴な存在なのであり、つまりは人類の祖先なのである。彼らのとる行動には全ての要素が同調する。彼らの意志の正しさと誤りにより、地上の性状とそこに住まう将来の住人たち全員の状態を決定づけるのである。

当の詩において描かれる残りの人物たちのうち、中心となる者たちについては軽々と名前を挙げるのは傲岸不遜ですらあるほどの高次な存在である。残りは低次の存在である。

その最下級の存在ですらも、
地上の四元素の力を行使することができ

自然界の全領域の力を借りて自らを武装させること可能也

その力が被造物を荒廃させ、破壊と混乱を広大な世界において撒き散らすことを妨げられるのは、全知全能の神による御力によってのみである。これほどの卓越した諸々の存在の動機と行動を、人間の理性による吟味と人間の想像力を可能な限り用いることによって示すことが、この並々ならぬ詩人が着手し成就した課題である。

叙事詩を吟味検討するにあたって、その登場人物たちに考察の目を向けるのが一般的なやり方である。『失楽園』における登場人物たちで考察が可能なのは、天使と人間たちである。天使には善と悪の二種類存在し、人間には無垢だった時と罪を負って堕落した時の二つの状態がある。

天使たちの中で、ラファエルの徳性は穏やかなで温厚であり、目下の者とも気軽に接し、打ち解けて話す性質である。他方でミカエルの場合は威厳があり圧迫感が備わっていて、あたかも自分の威風堂々さについて自覚しているかのようである。アブディエルとガブリエルが所々で登場し、各々の状況に応じる形で振る舞う。特に、アブディエルの孤高の忠誠心が極めて好意的に描写されている。

悪の天使に関しては、もっと多様な性格によって描かれている。サタンについては、アディソンが考察したように、「最も有頂天で、最も堕落した存在」にふさわしい感情が発露されている。サタンの口から時折出る不敬の言葉によりクラーク氏によってミルトンが非難されたことがある。というのもクラーク氏によれば、サタンの抱く考えのうち、いかなる人間観察からも妥当性が見出せないものであり、良き人間ならばどれほど一瞬においても脳裏に浮かべることすら嫌悪感を自分に抱いてしまうのであり、クラーク氏のこの非難も決して誤りではないのである。サタンが読み手の想像力を汚すことのない言い回しをしつつ叛逆の演説を喋らせるのは、確かにミルトンが抱いていた課題でも最も困難なものの一つであろう。そして私としてはそれを見事なまでにやり遂げたと思うしかない。サタンの演説には敬虔な人の耳に苦痛を与えるようなところはほとんどない。叛逆における言葉遣いは服従のそれと同じであることはあり得ない。サタンの悪意は不遜と頑迷さによって泡立ってくる。だがサタンの使う表現は一般的普遍的な範囲を出ることはなく、それには邪悪なところはあるが害するところはない。

天上の反逆者における他の主要な者たちは、第一巻と第二巻において非常に巧みに描き分けられている。そしてモロクの残虐な性格は、戦闘場面にしろ会議場面にしろ、首尾一貫性を全く崩すことなく描かれている。

アダムとエヴァには、彼らが堕落する前までは無垢が生み出し発露させるべき感情がしっかりと表れ出すように描写されている。彼らが愛し合うのは純然たる善意と互いへの敬意に基づくものである。二人の食事には豪勢なところはなく、勤勉な描写においても労苦を思い起こさせるものがない。彼らの主に対する呼びかけは、感嘆と感謝の念が込められている。その世界の豊穣さゆえに、必要だと思うものは何もなく、無垢である故に恐れるものも何もない。

だが罪を犯すと、不信や不和、相互に相手を非難し合い、頑迷に自己を弁護しようとする。彼らは互いによそよそしい気分で見遣り、自分たちの創造主が自分たちの罪を罰するものとして恐れるようになる。やがて彼らは主の容赦に縋るようになり、心を和らげ後悔し始め、懇願が心を占めるようになる。堕落する前にしろ後にしろ、アダムのエヴァに対する優越性が丁寧に描かれ、それが崩れることはない。

可能性と驚異は、賤しい叙事詩に現れると批評家を深く考え込ませる要素ではあるが、『失楽園』については特に問題にすべきことはほとんどない。それは奇跡と創造と贖罪の歴史を語っているからである。それは至高の存在の力と慈悲を提示している。そのため可能性が驚異なのであり、驚異が可能性なのである。物語の本質は真理にある。そして真理というものには選択が入る余地がない。必然と同様に、真理は規則を超越するのである。偶発的あるいは冒険的な箇所において、特にそれらに人間も関わる場合、多少の例外が見受けられるかもしれない。だが主要な枠組みは不動にして揺らぐことはない。

アディソンは、この詩作は取り扱うテーマの本質上、普遍的に恒常的に興味を沸かせるような他の作品を凌駕する利点があると正しく述べている。どの時代にせよ、人類は皆アダムとエヴァとの何らかの関係性を有するものであり、彼らの関与する善と悪には自分たちにも及び関与するのである。

古代ギリシアの「デウス・エクス・マキナ」[31]に由来するマキナ（機械）というのは、超自然的な力が所々に介入するということを意味し、多数の批評家が言及する話題豊かなトピックだが、ここでは特に言及しなければいけない部分はない。というのも全てが天の直接的で即時的な指示が明確な形でなされるからである。だが行動のいかなる部分も他の手段によって達成されることはないという規則は一貫して遵守されている。

挿話に関しては二つしかなく、それは天国の戦いに関するラファエルの話とこの世界に起こり得る変化に関するミカエル予言的な言及である。両方とも作品内の重大な営みと密接に関連している。前者は警告として、後者は慰藉としてアダムにとって必要なものであった。

作品構造の完全性または規範性について、全く欠点がない。それはアリストテレスが条件として挙げていた最初と中間と結末の三区分がはっきりとわかりやすい形で整えられている。同じ程度の長さの詩作で、取り除いてもよい箇所がこの作品ほどに少ないものはないだろう。ホメロスやウェルギリウスのような葬式での競技や盾についてのやたらと長い描写はない。第三巻、第七巻、第九巻における冒頭の短い脱線は省いても疑いの余地はない。だが無駄といえど

31　deus ex machina: 古代ギリシアにおける演劇の手法。劇の内容に困難が生じた際、収拾をつけるために神が現れ、収束に持っていく手法で「機械仕掛けの神」とも表現される。

もその出来栄えは美しく、無駄というだけで奪い取ってもいいものだろうか?そして『イリアス』の作者もこのように自分自身について少し語り、続く世代の人々を楽しませてくれともよかったのにと思わない人はいるだろうか?もしかするとこれらの本筋から離れた箇所ほど頻繁に注意深く読まれた箇所はないだろう。そして詩の最終目的は読み手に楽しみをもたらすことであるから、それを読んで楽しみを覚えるというのは詩的でないなどというのはあり得ないだろう。

この作品の行為は厳密に「単一的」であると言えるのか、詩は本当に「英雄的」であると言えるのか、そして誰が主人公なのかという疑問がある種の読者から提起されているが、それは判断の基準を理性よりむしろ本から引き出すのからそういう疑問を抱いてしまう。ミルトンは『失楽園』を詩としか称していないが、作中においては彼は「英雄的な歌」と述べている。ドライデンはアダムが屈服したという理由で彼の英雄性を否定しているが、それは性急で不当な判断である。成功と美徳が常に結合しているとは限らないのだから、先行する例をみて英雄が不幸であってはならないとしなければいけない理由はどこにもない。カトーはルカヌス[32]の作品の英雄なのであるが、クウィンティリアヌス[33]がどのような判断を下そうとも、それによってルカヌスの権威が揺らぐことはない。だがもし成功が英雄としての必要条件ならば、アダムを騙したサタンは最終的に破滅したのである。アダムは最終的に創造主の好意を再度得るのであり、そのため確実に彼の人間としての地位を取り戻すことができるのである。

詩の枠組みと構成の次に、その構成要素、つまり感情と言葉の言い回しについて目を向けなければならない。

感情というのは人物たちの態度を表し、人物たちが適切かどうかを判断させるものだが、本作においては大部分が極めて正確に描写されている。

道徳的な教訓や分別の規範を含む壮麗な詩句というのは本作では滅多に見られない。それはこの作品の本来の着想からくるものであり、アダムとエヴァの堕落までは罪ある人間的な態度は表れないようにしてあるのだから、彼らの態度に何かしら説教や矯正したりする必要はほとんどないのである。だがアブディエルが多数の嘲笑に対抗して一人で美徳を保ったという毅然とした強さは、いかなる時代においても称賛されるべきものである。また天体の動きに対するアダムの好奇心をラファエルが咎め、それに対するアダムの返答は、詩人たちが伝えてきた人生の規則に対立する考えが確固たる態度で示されている。

物語の展開において頻繁に呼び起こされる思想については、最高度の熱と活発さを孕む想像

32 Marcus Annaeus Lucanus (39-65): ローマ帝国期の詩人。皇帝ネロに見いだされ、彼に仕えたが、後に確執が生じ、陰謀を企んだ咎で自決を強いられた。代表作に『ファルサリア』などがある。

33 Marcus Fabius Quintilianus（35頃-100頃）: ローマ帝国期の修辞学者。内乱期に修辞学の学校をローマで開き、多くの皇帝の統治下で生き長らえた。『弁論家の教育』が唯一現存している彼の著作である。

力によってのみ産出できるものであり、その素材は長年にわたる研鑽と留まるところを知らない好奇心によって提供されたものである。ミルトンの精神の熱意は己の学識を昇華させ、学問の精神をその粗野な部分を省いた状態で、己の作品へと注入していったものと言えるだろう。

彼は創造においてその全体に及ぶ範囲に注意を払って、そのために彼の描写には学識が感じられるところが至るところにある。自分の想像力になんら制限を設けることなく自由に羽ばたかせ、そのために彼の着想の及ぶ範囲はどこまでも及ぶものである。彼の詩の特徴は崇高であるという点にある。時々お上品なものへと降りることもあるが、本質的には彼の特徴は偉大さという点にある。彼は時々優美さになるところもあるが、その真髄は途方もなく聳える高尚さにある。読み手を楽しませることが必要な場面では実際に楽しませるように表現できるが、読み手を驚愕させることが彼の何よりの本分である。

彼は自分の天才性についてよく分かっていたに思え、自然が他人よりも自分に対して惜しみなく与えてくれたこともよく知っているかのようだ。壮大なものを提示し、壮麗なものを映し出し、畏怖の念を掻き立て、陰鬱なものをさらに暗くし、悍ましいものを一層恐ろしいものにする才能であった。そのため彼は長々と言葉を弄することなく、自分の空想を思う存分に注ぐことができて、それでいて大袈裟だという非難を受けない主題を選んだわけである。

自然の外観や人生の出来事だけでは、偉大さへの彼の渇望を満足させることができなかった。事物をそっくりそのまま描写するには細心の注意が要求され、その際に必要なのは空想力というよりも記憶力である。ミルトンは可能性が広大に及ぶ領域において能力を発揮することに喜びを見出していた。現実というのは彼の精神にとってあまりに狭すぎるものであった。彼は発見のために己の精神を働かせ、想像力だけが旅をすることができる世界へと入っていき、新たな種類の存在を形成することに楽しみを感じ、より卓越した存在に感情と行為を供給し、地獄の会議を辿っていき、天国の合唱に同席するのである。

だがいつも別世界にいられるというのではなかった。時々は地球に戻り、目に見えてよく知られているようなことについても言及しなければならない。自分の崇高な精神によって驚異を引き出せない場合、その豊穣な精神によって喜びを与えるのである。取り扱う題目がなんであれ、彼が想像力を満たさないことはない。だがその光景の描写やそこにおけるイメージ、あるいは自然の作用については決してオリジナルからそのまま模写したものとは限らないようであり、またみずみずしさ、現実性、そして観察したものそのままの力も常にはないようである。ドライデンが言っているように、彼は自然を「書物という眼鏡を通して」見ていたのであり、それを学識が補助するのがほとんどである。エデンの園を思い浮かべると、彼はプロセルピナが花を摘み集めていたエンナの谷が心に浮かぶ。サタンが四元素（水、火、風、地）に抗いつつ前進していく姿は、シュムプレーガデス岩の間を通っていくアルゴー船や、「左舷」にいる怪物のカリュブディスを回避しつつシチリアの二つの渦巻きの間を縫っていくオデュッセウスのようになる。このような神話的な引喩は、学識を衒う類の虚栄心について気づかぬままに差し込まれるということで、正当に非難されてきた。だが神話の引用は物語をより多様なものとしており、記憶と空想の相互作用がもたらされるのである。

彼の直喩は自分の先行者よりも数は少ないが、多様である。だが厳格な比較を行うだけでは満足していない。彼の非常な卓越性はその豊穣さにある。そしてある出来事において要求される範囲をも超えて、己の偶発的なイメージを引き伸ばしていくのである。サタンの盾を月の球体に例えつつ、望遠鏡の発明とそれによって発見された驚異を己の空想力に混ぜ込むのである。

ミルトンの道徳的感情は他の詩人全てを凌駕すると称賛しても決してそれは大袈裟なものではない。これほど比肩することがないのは、彼が聖書を熟知しきっていたことにある。古代における叙事詩人は神の啓示という光を持っていなかったので、道徳の教示に関してはぎこちないものであった。彼らの描く主要な人物たちは偉大かもしれないが、決して愛せるような性質ではない。読み手は彼らの作品から積極的あるいは消極的な毅然とした強さ、つまり勇敢や忍耐、さらに時々分別については大いに読む取ることができるだろうが、正義について得られる要素はほとんどなく、慈悲によっては皆無である。

近代のイタリアの詩人からは、キリスト教に関する知識という利点が有効に活用されていないようにすら思える。アリオストの堕落ぶりについてはよく知られている。また、タッソの『エルサレム解放』[34]も神聖なテーマを扱ってはいると看做してもいいが、詩人は道徳的な教示については極めて乏しくしか扱っていない。

ミルトンにおいては、各々の詩行において思考の神聖さ並びに道徳的態度の純粋性が息吹いている。物語の展開上、叛逆を企てる天使たちについて紹介する場面は別だが、そういう彼らも神への従属について認めることが強制されているような場面では、敬意の念を持った振る舞いをし、敬虔さも醸し出すのである。

人間については作中二人しかいない。だが彼らは人類の始祖であり、堕落以前は威厳と無垢により敬意を払われるべき存在であり、堕落後も改悛と従順により愛すべき存在となる。堕落前の状態では、彼らのもつ愛情は弱さなき優しさであり、敬虔さにも厚かましさのない荘厳さである。彼らが罪を犯した時、不和がどのようにして互いの弱さから生じるか、いかにしてそれが互いの忍耐によって終息するのかを示す。さらにいかにして神の寵愛が罪によって喪失されるか、いかにして許しの希望が後悔と祈りによって得られるかについても示している。無垢の状態というのは、もし想像することが可能だとしても、私たちが悲惨な状態にある時くらいにしかせいぜいできない。だが堕落した神へと叛く存在にふさわしい感情や信仰は、私たち全員が学ぶものであり、また実践する必要がある。

この詩人は、何をしようとも常に偉大である。私たちの始祖たちは、堕落前には天使と語り

34　La Gerusalemme liberate: 一五八一年に公刊されたタッソの叙事詩。第一回十字軍のエルサレム奪取を物語の主題に置いており、オペラとしても大いに成功を収めた。

合っていた。そして愚昧と罪が彼らを汚そうとも、その屈辱の中においてさえも「卑しい嘆願者のような振る舞い」を取ることはなく、彼らの祈りが聞き入れられたら、私たちは彼らが尊敬に値する存在として再度目を向けるようになるのである。

人間感情は堕落前にはまだ世界にはなかったので、『失楽園』には憐憫的なものは僅かしか見られない。だがその僅かな要素についてはうまく活用されている。理性的な存在に特有のあの感情、つまり罪への逸脱についての自意識から沸き起こる苦悩や神に愛されぬという思いからくる恐怖が極めて正確無比に、そして力強く表現描写されているのである。だが情念というのが展開していくのは本作においてたった一つの動因だけである。崇高さというものが本作の普遍的にして行き渡っている性質である。崇高さは多様な形で変奏されていき、時には叙景的に、時には議論により表出する。

『失楽園』の欠点や不足している点についても言及しておかねば公平な批評であるとは言えないだろう。人間の作る作品には必ず欠点や不足があるのだから。ミルトンの本作における卓越性について示すのに長い引用を今までしてこなかったが、それは美しい点をいちいち引用していたらきりがないからである。短所の指摘においても同じような態度で扱っていきたいと思う。ミルトンの名声が損なわれ、その結果母国の名声も幾分か減るというのに、文中内容を引用することに楽しみを見出せる英国人などいるだろうか？

私の批評は作品の総合的な部分について焦点を当てているのであり、言語上の不正確さについて頻繁に言及するようなことはしない。これについては詩よりも文法に優れていそうなベントリーが詳しいだろうが、ベントリー自身も言語の誤りを犯したことは少なくない。ともかく、彼はミルトンの言語誤用は、盲目であったため補助として必要だった者による改訂が避けられなかったからとしている。本気でそう思っているのなら、それは実に性急で根拠なき判断としか言えない。というよりも、それが嘘だと自分ですら私的な場面で述べていたというのなら、悪意があり有害ですらある。

『失楽園』の基本的な枠組みにおける不便な点は、人間的な営みや態度を描けないことにある。一組の男女が行動し苦しむわけだが、それ以外の人間はそのことをつゆも知らない状態にある。読み手は没入していくようなやり取りを見出せないし、そこに自分が居合わせるようにどれほど想像力を働かせたところで、無益な試みとなる。それ故自然な好奇心や共感を持つことを大きく妨げられる。

私たちが皆、アダムの不服従について影響を受けているのはもちろんである。私たちはアダムのように罪を犯すし、そしてアダムのように己の罪を嘆き悲しまなければならない。堕天使たちには私たちは休むことない陰険な敵を見出すし、他方で祝福された天使たちには私たちの守り手と友人たちを見る。人類の贖罪において自分たちも含まれていたいと願う。天国と地獄の描写にも私たちは関心を持っている。なぜなら私たちは皆今後、恐怖か祝福に満ちている場所へと住まうことになるのだから。

だが、これらの真実はあまりに重大であるゆえに目新しいことではない。幼年時代から教え込まれたものである。これらは一人で物思いに耽っている時や親しい人と会話している時でも脳裏にあるくらいに私たちに浸透しているのであり、人生という織地全体において習慣的に織り込まれているのである。それ故新しいことでは何らなく、私たちの脳裏に未知なる感情が浮かぶことはない。私たちが以前から知っていたことを、学ぶことはできない。不意をつかないものに驚きを覚えることはない。

あのような畏れ多い場面において提起される観念から、それについて考えるべき時が差し迫っている時でもない限り、敬意を抱きつつも私たちは身を退いてしまう。あるいは、恐怖で身を縮こませたり、自分たちの利害や情念を抑制するような適度な圧力として認めるだけである。このようなイメージは空想力を掻き立てるよりも妨げる働きを持つ。

喜びと恐怖が詩の純然たる源泉であるのは言うまでもない。だが詩によって獲得できる喜びは少なくとも人間の想像力によって感知できるものでなければならない。そして詩による恐怖も、人間の力と気概によって同等くらいに戦うことができるものでなければならない、永劫の善と悪はあまりにも重く、機智の翼を羽ばたかせることはできない。精神はそれらによって受動的な無力感に圧迫され、身を落ち着かせた信仰と慎ましい敬虔心で満足させてしまうのである。

とはいえ、新たな直接的なイメージを連ねて表現することによって、すでに熟知している真実についても異なった外観を呈しながら精神へと運び込まれていくことはできる。このことにミルトンは着手したのであり、しかも彼固有の含蓄と精神的な強靭さを以て成就したのである。彼は宗教的な畏怖によって話を作り上げることを制限されていたが、それを聖書を頼りにしながら、そこにある主要で僅かな立場を考慮しつつ、どれほど精力的に頭を働かせあれだけの規模へと拡大し、多数の展開を細分させたかを鑑みれば、驚嘆しない者はいないだろう。

ここにこそ学識と才能の力が一つになったその真髄が最大限発揮されているのである。素材の無数の蓄積とそれを消化させるだけの判断力、そしてそれらを結合させる想像力。ミルトンは自分の思考を描写したり装飾したりするのに役立つ場合、自然や物語、古くからの寓話あるいは現代学問から取捨選択することができた。知識の蓄積が彼の精神をより深いものとし、それを研鑽によって発酵させ、想像力によって高揚させた。

それ故『失楽園』を読むのはあらゆる知識についての本を読むのに等しいとミルトンの賞賛者の一人が述べているが、それは決して出鱈目な誇張というのではない。

とはいえ作品にあった欠点がなくなるわけではない。作中を読み進めれば、どうしても人間的な関心が不足してしまうようになる。『失楽園』は読み手が読み終えた後、それに感嘆の念を覚え、片づけて、もう一度本を開いてみようとするのを忘れてしまうような類の本である。これより長かったらと願う者はまずいない。読了することは楽しみというより義務である。私たちはミルトンを教えを請うようにして手に取り、読み進めていくうちに心は焦燥して疲れ切ってしまい、楽しみのために何か別のものを求める。私たちは師よりも友を求めるものである。

　ミルトンの構想のもう一つ不便な点は、霊の営みという、本体は描写できないものを描写することが求められていることにある。ミルトンは非物質的な存在がイメージを与えることはなく、天使たちの営みを実際の行動という手段を用いてのみ描くことができるのを承知していた。そういうわけで天使に形相と質料を与えたのだった。やまれぬ事情ゆえに、これは仕方のないことである。そして自分の非物質的なものを視野に入れず、読み手の脳裏にも浮かばせないようにすれば、自己の書き方の体系を首尾一貫にすることができた。だが不幸にも、彼は自分の詩に哲学を混ぜてしまい乱してしまった。彼の描く地獄と天国の天使たちは純粋な霊であると思えば、生命を宿す肉体である時もある。サタンが槍を抱えつつ「燃え激る泥灰土」を歩いている時、彼は肉体を持っている。そして、彼は地獄から新世界へと向かっていく間に、真空地帯へと落ちてしまいそうになり、その危機を吹き上がってくる蒸気の突風によって助けられるのだが、その時もまた肉体を持っている。だが蛙に変身した時は、物質の中へと随意に入り込むことができる純粋な霊のようである。そして「驚き元に戻る」時、少なくとも、明確な形を持っている。そしてガブリエルの前に連れていかれる時、蛙の中に隠すことができていた「槍と盾」をその時持っているのだが、対立している天使たちの持っている武器は明らかに物質的なものである。

パンデモニウムでの卑しい住人たちは「肉体なき魂」であり、限定された空間において「無数にはいるが、のびのび」としている。だが戦闘において、彼らが敵軍の膨大な数によって圧倒された時、武具によって彼らは傷つけられ「今や罪によって不純となった彼らの重みによって叩き潰された」のである。これと同様なことが堕落していない天使にも生じ、「武装していなければ霊らしく容易く収縮したり撤退により逃れることができたのに、武装していた故に」彼らは打ちのめされたのである。霊としても彼らは霊的な存在であるとはとてもいえない。というのも「収縮」や「撤退」というのは物質のイメージであるからである。だが彼らが武装せずに逃れることができたというのなら、武装を解除し脱ぎ捨てた武装だけを破壊させて彼らは逃れることもできたはずなのである。ウリエルが太陽光線に乗っている時、彼は物質的な存在である。サタンもアダムの勇敢さに怯える時、彼は物質的な存在である。

霊と物質の混同は、天上での決戦として物語全体の根底となっているのだが、原因を主体的な存在として格上げし、抽象的な理念に形態を与え、それらに行為を授け活動させることは、常に詩固有のやり方として認められてきた。だがそのような固有性を持たない存在は、大体においてその固有の働きを行うだけでそれが終われば物語から退場していく。「名声」が話を語り、「勝利」が将軍の頭上を舞ったり軍旗の上に止まったりする。だが「名声」にしろ「勝利」にしろ、それ以上のことはできない。そのような存在に何か現実的な営みを行わせたり、何かしらの物資的な要素をもつ存在として扱うことは、それらがもはや寓話的な存在ではなくなることを意味するのであり、非実在的な存在が何かしらの実在的作用をもたらすとして、知性ある精神を困惑させるだけであろう。確かにアイスキュロスの『縛られたプロメテウス』においては「暴力」と「強さ」が、エウリピデスの『アルケスティス』には「死」が舞台の上に登壇するのを見るが、それらは劇の実在的な人物として活躍する。だがどのような先例があったとしても、馬鹿げたことを正当化することなどできない。

ミルトンの「罪」と「死」という寓意の扱い方は、明らかに不合理である。罪は無論「死」の母であり、地獄の番人であるとしても間違ってはいないだろう。だが現実的に旅をしている者として描写されているサタンの旅をそれらが止める時、そして「死」が彼に戦を挑む時、寓意は砕け散ってしまう。「罪」と「死」が地獄の道を示したことは、問題ないとしてもいいかもしれない。だが橋を建設することにより地獄へと容易く通じる道を作ることは問題ありと言うしかない。なぜならサタンの地獄への道のりの困難は現実的でかつ感覚的なものとして描かれており、橋もそれに対応して比喩的なものに留まっていなければならない。叛逆天使のものとされた地獄は、人間の住処と同じく比喩的でなく具体的なものとして描写されている。それは宇宙のどこか離れた場所に位置付けられており、混沌の廃墟と誰もいない虚空によって調和と秩序のある地域からは隔たっている。だが「罪」と「死」は「かき集められた土による突堤」を作り、「アスファルト」として固める作業を行う。これらは観念的な建設者によるものとはとても思えない大掛かりなものだ。

このような技巧の至らぬ寓意は、本作の最大級の欠点の一つだと私には思える。作者としては美しいものとしていること以外は、何も興味を引くところがない。

物語の進め方についても幾分か異が唱えられる。サタンは楽園においてガブリエルの前に連れて来られる時に、読み手にどうなるかと大きな期待を孕ませるが、何か苦しむこともなくそのまま去っていくだけである。人類の創造は、叛逆天使たちの追放によって生じた天国において生じた欠損を埋め合わせるものとして描かれているが、それなのにサタンは出立する前に「天国に蔓延っていた」と噂されているように述べている。

無垢なる状態における感情をはっきりと理解するのはとても難しいことである。時々、どこか無垢ではなくなったようにも思える部分も見受けられる。アダムの夢についての語りは新たに創造されたばかりの存在による憶測とは思えない。好奇心について叱責する天使に対するアダムの応答に適切さが欠けているような気がしないでもない。というのも彼の返しが他の人たちと面会したことがあるような言いぶりだからである。いくつかの哲学的な考え、特に間違っているものは省かれてもよかっただろう。比較しつつ天使は「臆病な鹿」について言及しているが、鹿が臆病にはまだなっていないので、アダムにはその比較が理解できるはずがないのである。

ミルトンは高みにいる際にも地にも多少足をつけている、とドライデンは述べている。それはつまり、彼の作品は完全に一貫してはいないということである。だがあらゆる作品において、ある箇所は他の箇所のためになければならないように、詩にも変わり目がなければならない。宮殿には廊下がなければならないのと同じように機知が常に才気煥発であることもあり得ない。太陽がいつも白昼の輝きを放つのがあり得ないのと同じように、偉大な作品においては、ちょうど昼と夜が交互に変わっていくように、耀く箇所もあれば地味な箇所もあり変遷していくものである。天空について自由に飛翔している時でもミルトンは、時々地上についても注意を向けても許されるであろう。大空高く舞い上がりいつまでも飛翔し続けていられる作家はいるだろうか？

ミルトンはイタリアの詩人たちに精通していて、彼らから借用したことが窺える。そして全ての人間が自分の仲間から何かを受け取るものだが、ミルトンがアリオストの軽薄さ（を模倣しようとしたことは『愚者たちの楽園』によって自分の作品を汚す羽目になった。挿入した話自体は決して悪いものではないが、挿入されている箇所と作品を鑑みればあまりに滑稽なのである。

ミルトンは言葉を弄することにあまりに楽しみを抱きすぎるし、ベントリーが古典の先例を挙げて擁護しようと努める曖昧な言い方、そして専門用語の不要で無粋な活用方法については述べるまでもあるまい。というのもそれらは読めばすぐに分かるもので、広く批判されているからである。それに全体に比べて占める割合はあまりに小さいので、批評家によってわざわざ注意を払うだけの価値はないからである。

これらが感嘆すべき作品である『失楽園』の欠点である。これらの欠点を美点と同じ程度に述べる人は気難しいというより鈍い人間であり、批評における誠実さに欠けるというより、感受性が鈍いという点において憐れまれるべき存在である。

『復楽園』については、一般的に下されている評価は今では正しいものと思え、すなわちそれは優美で教示的な箇所が至るところにあるということである。『失楽園』の作者であるのに想像力を大いに発揮させることなく、叡智の規範を高めることなく作品を書くことはあり得ないなどと思ってはならない。『復楽園』の根本部分は確かに狭窄である。対話のない行為は、物語と演劇の力を組み合わせた時のように読み手を楽しませることはない。この詩作がミルトンではなく彼の模倣者の誰かが書いたとすれば、世間一般から称賛を浴びたことだろう。

もし『復楽園』が過小評価されていたとすれば、『闘士サムソン』はそれとは対照的に過大評価されてきた。フランスやイギリスの演劇よりも、合唱という重荷があるにもかかわらず古典悲劇をミルトンが好んだのは、長期にわたる偏見と学識的な頑迷による以外にない。中間部が原因も結果ももたらすことはなく、クライマックスへの破滅へと速める訳でも遅める訳でもないような劇が称賛されるというのは、ミルトンの評価に対する盲目的な追従に他ならないのである。

だがこの悲劇においても個別には美しい箇所は多々あるし、適切に描かれている感情や心を打つフレーズも見られる。だが構成がしっかりとしている作品とは違い、鑑賞者の注意を惹き続けるだけの力がない。

ミルトンは演劇作品の分野では卓越した力量は持っていなかっただろう。彼は人間の性分を大雑把にしか知らず、人物特徴の色合いについて本格的に探究していったこともないし、出来事の複雑な錯綜やせめぎ合う情念からくる周章狼狽についても同様にない。彼はたくさん読み、本から学べるものは全て学んだ。だが世間と交わることは少なく、そこからくる経験についての知識は乏しかった。

ミルトンの大作には常に一定用語の独特な言い回しがあり、彼以前の作品にはほとんど見られないような表現様式や形態が使用されており、学識の乏しい読み手がその本を初めて開いた時、まるで新たな言語があるかのように驚いてしまう。

このような新奇性は、ミルトンを完全無欠だと思うような信奉者なら、彼の偉大な思想を言語化するための骨の折れる多大な努力の結果と看做すだろう。「私たちの言語は」とアディソンは言う。「彼の下で打ちひしがれる」。だが実際は、散文にせよ韻文にせよ、ミルトンは捻くれて学を衒うようにして書いていったのが大きな原因であろう。彼は英単語を外国の言い回しによって使いたくて仕方がなかったのだ。これは彼の全ての散文に見出されるのであり、非難されるべき点となっている。散文というのは美によって和らげられることも、思想の威厳によって畏怖されることなく自由に判断される働きをもたらすものだからである。だが彼はそういった力は彼の韻文において見出され、彼の呼びかけには抵抗することなく服従してしまい、読み手は高次で高尚な精神に囚われているような感覚に陥り、称賛が批評する力を凌駕してしまうのである。

ミルトンの文体は取り扱っているテーマによって変わることはなかった。『失楽園』においてみられるものは、程度は小さいにせよ、『コウマス』においても見られる。彼のもつ独特性の源泉の一つは、彼がトスカーナ詩人たちの作品に親しんでいたことにある。私としては彼の言葉の使用にはイタリア的なものがあるとしばしば思える。そして時々、更に別の言語とも組み合わせられているかもしれない。ベン・ジョンソンがスペンサーについて述べたように、彼も「いかなる言語も書かなかった」と称してもいいかもしれない。あるいは彼はバトラーが「バビロン的方言」と呼ぶものを作り上げたのかもしれない。それ自体は粗野で野蛮だが、高貴な天才と広範な学識によって築かれており、教えと楽しみが多数込められているので、他の愛好者と同じく醜さの中に美しさを見出すのである。

単語使用の誤りが何であれ、その豊かさと多様さの素晴らしさには否定の余地はない。彼はあらゆる点において言語の巨匠である。そして調声のとれた単語を極めて入念に取捨選択しており、彼の本を読むだけでも英詩の髄が学べるのだ。

言語の活用の次に、彼の韻律法についても何かしら言及せねばなるまい。ウィリアム・ロックは「韻律は韻を踏まない英語英雄詩である」としている。これについてはイタリアにおいて多数の先例がある訳だが、イギリスにおいてもいくつかはある。サリー伯はウェルギリウスの作品の一冊を韻を踏まずに翻訳したと言われる。さらにイギリスにおいても、悲劇の他に韻を踏まない短い詩が少しばかりある。具体例を一つ挙げるとすれば、サー・ウォルター・ローリー[35]の、おそらく彼自身によって書かれた、ギアナへの大胆な冒険を国家政策の一環として取り上げたものがある。とはいえこのような些細な作品がミルトンに多大な影響が与えたとはとても考えられず、トリシーノの『解放されたイタリア』を参考にしたと見る方が現実的であろう。そして韻を踏むより踏まない方が楽だと分かったので、そっちの方がより適切だと自分自身に無理にでも言い聞かせたのである。

「韻を踏むことは真の詩において不要な付随要素である」と彼は正しく言っている。だが確かに精神的な作用での詩においては韻律や音楽性は不要だろうが、韻律からくる音楽性によって他のあらゆる言語と区別させるのである。そして長音節と短音節が適切に組み合わせられることによって築かれた音楽性のある言語は、韻律があれば十分である。だがある言語の規則が他の言語の規則に当てはまるとは限らない。韻律が乏しく不完全なところでは、補助となるものが必要である。英語の英雄詩の音楽性は耳にかすかにしか響かないので、全ての音節が結合でもしない限りその響きが耳に残らないのである。この類の結合が生じるには、各々の詩行が他の詩行からは分離された明確な音の単位として明示されなければならない。そしてそれだけの明瞭さは脚韻を巧みに用いられることを条件とする。無韻詩の愛好家によって休止の多様性を随分と誇らし気に語るものだが、それは英詩人による韻律を熱弁者のような響きへと変えてしまう。ミルトンの詩を読み上げて、どこで詩が始まり終わるのかを聞き手に感じ取るようにできる熟練した恵まれた朗読者はほんの僅かであろう。ある独創的な批評家は「無韻詩はどうも視覚にだけ訴える詩のようである」

詩には脚韻なしでも存在できるかもしれないが、そういった類の英詩は鑑賞者を楽しませることはそうそうないであろう。また、主題が相当に作品全体を支える場合にでもない限りは、脚韻を省くことには危険が伴う。無韻詩は碑文様式【lapidary style】というものに類似することがある。散文のような気楽さもなければ、詩のような音楽性もなく、そのためそれが長く続けば退屈を覚える代物である。イタリア人で無韻の作品を書いた者の中で、ミルトンは彼らから範を習ったとしているが、今でも多数によって読まれているものは誰もいない。無韻詩については、どれほど擁護をひねくり出したところで、結局は耳にとっての快には反してしまうのである。

だが韻文に関してどのような利点があろうと、ミルトンがそういった手法を用いるものとは私としては望んではいない。というのも彼の今ある作品が、別のような形になるべきではないと思っているからである。他の英雄たちと同じく、彼は模倣されるよりも感嘆されるべき存在である。自分が他者を驚嘆させるだけの能力を持っていると自負している者のみが無韻詩を書

35 Sir Walter Raleigh (1554-1618): 十六世紀イギリスの廷臣、軍人。ユグノー戦争での活躍が認められ、当時のエリザベス一世に寵愛された。詩人としての側面もあり、文中にあるように探検家としての側面もある。

けばよろしい。逆に他人を楽しませたいと思っているものは韻文という手法をとる必要がある。

天才に対する最高水準の賛辞はその独創性に向けてこそある。ミルトンは叙事詩という構造自体を作り上げたわけではないので、活力旺盛で豊かさ溢れる古代ギリシアの詩的性質、すなわち採られた詩的物語の手法、話の質感、出来事の多様性、対話の挿入、そして読み手を驚かせ注意を向け続けさせる全ての技法に対して向けられ、それはあらゆる世代が範を仰ぐべき存在であるそれに、ミルトンもまた負っているのである。だがホメロスのあらゆる模倣者の中で、ミルトンはおそらく最も模倣性が少ないだろう。彼は生まれつき思索者であり、自分の素質について確信しており、助けも妨げも全て無視できた。彼は先人たちの考えやイメージを自身に取り込むことは拒まなかったが、かといって必要以上に求めることもなかった。同世代に関しても、迎合したり助けを受けたりすることもなかった。彼の作品には、他の作家のご機嫌をとったり媚びたりするようなところは皆無である。互いに褒め合ったり、助けを懇願したりはしない。彼の偉大な作品は苦労の只中において、そして失明した状態において書かれたものである。だがそういった困難は彼の手によって霧散していく。彼は努力を通した困難を乗り越えるために生まれた。そして彼の作品が数ある英雄詩の中で一番偉大ではないというのは、単にそれは彼が英雄詩を最初に書き上げた人物ではないというそれだけの理由である。

ジョナサン・スウィフト

Jonathan Swift

スウィフト博士についての資料はジョン・ホークスワース博士が非常な勤勉性と正鵠性を以てすでに収集されているが、それは私と彼とにある友好関係によって立てた計画に基づいて行われたものであった。それ故ここでスウィフト博士の生涯の言及において多くを期待して欲しくない。なぜなら私はすでに卓越した言語性と強い感性を持つホークスワース博士にそうした事柄を物語るための必要事項はすでに伝えてあるからである。

ともかく、ジョナサン・スウィフトは、自分で書いたとされている自伝文献において、法定代理人であった同姓同名のジョナサン・スウィフトの息子であり、一六六七年、聖アンデレの祝日に生まれたとされている。だがアレクサンダー・ポープが友人のジョーゼフ・スペンスに伝えたスウィフト自身が言ったとされる言葉では、聖職者の息子としてレスターで生まれたとされているが、その聖職者はヘレフォードシャー[36]で教区牧師をしていた。スウィフトが存命だった間、彼の誕生地が確定されることはなかった。彼はアイルランド人からはアイルランド人と呼ばれることに満足していた。だが時折、自分をイングランド人だと言うこともあった。この出生地の謎めいた部分は謎めいたままにしておいてもさして無念ではないだろう。スウィフト自身が喜んで謎めいたままにしておきたかったのだから。

彼の生まれた地がどこであれ、彼がアイルランドで教育を受けたことは間違いない。彼は六歳の時にキルケニー[37]の学校に入り、十五歳の時に（一六八二年）ダブリン大学への入学を許可された。

彼の大学での勉学については、勤勉ではなかったか楽しくなかったかのどちらかであった。こう書くと読者諸君の期待に背くことになるだろうが、学位取得を請求する時期に彼が請求すると、試験官たちにそれを許可するにあたってはあまりに水準を満たしていないと判断し、特別な計らいによってなんとか学位を取得するに至った。つまり大学では成績不振であるということを示す称号を用いられたのである。

このような侮辱といってもいい扱いに彼が恥を覚えたことはすぐに想像がつく。そしてその恥が彼を更生させるだけの正しい効果を持っていた。彼はその時以来、一日八時間勉強することを決意し、その勤勉性を七年続けた。それが彼をどれほど向上させたかはよく知られていることである。彼のこれほどの生涯における勤勉な努力はよく記憶に留めるべきものである。というのも色恋や娯楽という無益な時間を過ごすことに耽って能力を無駄にしたり、あるいは怠惰な生活によって時間を浪費し残りの生涯を絶望によって断ち切ってしまおうと考えている人

36 Herefordshire: イギリス南西部の単一自治体。歴史としては九世紀に端を発しており、今日まで同じ地に現存している。

37 Kilkenny: アイルランドの都市。「大理石の都市」と称され、ビールの生産地としても知られている。

たちにとっては有益な忠告であり、また力強い励ましにもなるからである。

このように日々勉学に励みつつ、彼はダブリンにさらに三年間居住した。そしてこの間、旧友の観察と記憶を信用するならば、スウィフトは『桶物語』の最初の草稿を書き上げた。

彼が一六八八年に二十一歳になると、彼を援助していた叔父のゴドウィン・スウィフトが死去したことによって、今後の生計が立ち行かなくなったので、彼は当時レスターに住んでいた母のところへと赴いて、自分のこれからについて相談しに行った。そして彼女の指示によって、外交官だったサー・ウィリアム・テンプルの助言と庇護を懇願した。この人はスウィフト夫人の親類の一人と結婚していて、テンプルの父親であるサー・ジョン・テンプルはアイルランドの記録保管官をしていて、その頃までスウィフトを扶養していたゴドウィン・スウィフトとても親密な仲にあったからである。

テンプルは自分の父の友人の甥として十二分な好意を持ってスウィフトを迎え入れて、さらに互いに実際に会話を交わしてみると大いに楽しめることを知り、テンプルは彼を自分の家に二年引き止めた。ここで彼は国王ウィリアム三世にも覚えられるようになった。というのも国王はテンプルが痛風によって家から出られない時に見舞いに来たことがあり、さらにその際にスウィフトも付く形で庭園へも足を運び、彼にアスパラガスのオランダ流の切り方を見せたとされている。

国王ウィリアム三世が考えていたことは軍事についてばかりであった。そして彼がスウィフトに対して好意を示したときも、「騎兵隊の隊長にしてやるぞ」と言ったとされる。テンプルがムーア・パークへと移転した時、スウィフトも一緒に連れて行った。そして国王がポートランド伯から相談を受けて議会を少なくとも三年に一回は招集するべきという法案（ウィリアム三世はそれに強く反対していた）を受け入れるべきかどうかを訊いた際に、テンプルはその法案には王家にとって危険なものは何もないことを示そうとしたが徒労に終わってしまうので、それと同様のことを国王に示すためにスウィフトを国王の下へと送った。スウィフトは、受けたその任に対して若者らしい自信をたっぷり抱きつつ赴いたのだろうが、国王の頑固な考え方の前では自分の論理やその伝え方は全く無力であることを知るばかりであった。そしてスウィフト自身はこの落胆を味わった件を虚栄に対する初めての解毒剤であるとよく表現した。

彼がアイルランドを去る前に病気に罹ったが、彼自身としては、それは果物の食べ過ぎが原因だと考えていた。基本的に病気に罹る原因というのは不鮮明なものである。ほとんどの男児はスウィフトが食べた位の果物の量を食べて大きな病気に罹ることはない。スウィフトの罹った病気は難聴の伴った眩暈であり、まだ小さい時から彼がかかり定期的に人生の間ずっと襲われていたのであり、最終的には理性が喪失されつつ墓場へと彼を送り込んだのである。

この由々しき病気によってムーア・パークにいた彼はとても苦しめられ、故郷で療養することを勧められてアイルランドへと戻った。だが効果は全くなく、サー・テンプルの家へと戻りそこで彼は学問の研鑽を続けた。その際、彼はカルタゴの司教だったキュプリアヌス[38]やリヨンの司教だったエイレナイオス[39]の著作を好んで読んだとされている。彼は運動する必要性も大いに感じ、二時間毎に丘を昇り降りして〇・八キロ走る習慣をつけた。

最初の学位の授与のされ方から彼がダブリン大学に対してはあまり好意を抱かず、文学修士号はオックスフォード大学で取ることを決意したことは容易に想像できる。オックスフォードに証明書を提出する際には、あの不名誉な称号は削除され、文学修士号は込められた敬意と共に授与された（一六九二年七月五日）ので、彼としても十分に満足したのであった。

テンプルと住んでいたころは、レスターに住んでいた母を毎年訪ねていた。彼は徒歩で彼女を訪ねたが、天候が悪い時はやむを得ず馬車を使った。夜になると安宿へと行き、清潔なシーツを六ペンスで購入した。オーラリー卿は、彼のこのような習慣は生まれつきの粗野さと卑俗さから来るものだとした。他方で、人間生活を多様な側面から観察してみたいという彼の欲望からくるものだとする者も一定数いる。そして他にも、節約を好む癖が彼の心の髄にまで染み渡っているからだとする者も同じくらいの人数がいる。

やがてムーア・パークに自分が留まり続けるには、テンプルとの会話から（譬えそれにより自身が向上することがあったとしても）引き出せる喜び以上の対価を欲しがるようになった。そして次第に忍耐も限界を超えて、一六九四年に不満げにそこを去っていくことになった。

テンプルはスウィフトが不満だった理由を察知して、彼をアイルランドの記録保管係代理の職に就けたとされているが、その仕事はスウィフトにはとても務まらないものだと、彼の親類は説明している。それ故スウィフトは聖職者の職に就こうとして、最初はリスボン商館での牧師になろうとしか思っていなかったが、ヘンリー・ケイペル卿によって推薦されたことにより、年収百ポンドくらいあるコナーのキルルートの聖職禄を得たのであった。

だが当時のテンプルは家族の死別というかなり精神がひどい状態にあり、スウィフトのような話し相手をとても必要としていた。そしてスウィフトを呼び戻そうと、彼をキルルート[40]の聖職禄を辞めるように要求しその代わりに英国での登用を約束した。この要求にスウィフトは応じたのだが、おそらくその理由は単に申し出が魅力的だったからというわけではなく、テンプルの元を離れたことを後悔したからかもしれず、そして今度は互いに満足しつつ一緒に暮らしたのであった。そしてそれからテンプルが死去する四年の間、スウィフトが『桶物語』と『書物戦争』を書き上げたことは十分あり得る。

38　Thascius Caecilius Cyprianus（三世紀初頭－258）：三世紀カルタゴの司教。初期キリスト教の主要な著述家であり、ラテン教父の一人。主な著作に『カトリック教会の一致について』などがある。

39　Ειρηναῖος（130頃－202）：二世紀スミルナ生まれの司祭。現在のリヨンで司祭として働いていた時期もあったが、様々な地において教えを広めた。グノーシス主義を批判し、カトリックの定義を定めた。

40　Kilroot：北アイルランド北東部の都市。スウィフトは同名の教区において牧師を務めていた。同地には五世紀に建てられた教会もあるなど、歴史ある町としても知られる。

スウィフトは早い段階から自分が詩人だと考え、あるいはそう望み、テンプルや国王、さらにアテネ協会（無名の会員によって構成され、実際に手紙に送られてきた質問や、架空の設定として送られてきたことにした質問に答える形で定期的に小冊子を刊行した）に寄せたピンダロス風頌詩を書いた。ジョン・ドライデンがその詩をじっくりと玩味し、「スウィフト君、君は詩は諦めた方がいい」と言ったと私は聞いているが、この発言によりスウィフトはドライデンに対してその後絶えず悪意を抱くようになった。

一六九九年、テンプルは死去したが、スウィフトにはその際に遺書を含む遺産が相続された。それにはテンプルがウィリアム三世国王からウェストミンスターかカンタベリーの大聖堂参事会員の席が空けば、そこにスウィフトのための聖職禄を与えるという約束もあった。

その約束をしっかりと履行するために、スウィフトは自分に委ねられていたテンプルの遺作を国王へと献上した。だがその献上も、かつて信頼と好意を寄せて接した人物についての情への訴えも、ウィリアム国王の約束を思い起こさせることはできなかった。スウィフトはそれからもしばらく宮廷に留まったが、やがて自分の懇願は全くの無駄だと気づいた。

その後、彼はアイルランド最高法院主席判事のバークリー伯から、私的秘書としてアイルランドへと同行してくれないかと招きを受けた。だがダブリンに到着するまでは務めを果たしたものの、ブッシュ氏が聖職者は秘書として適切な人物ではないと説き伏せたことに気づき、ブッシュ氏当人が自分の代わりに秘書として業務を果たすようになった。スウィフトのような人物がこのように自分を出し抜き簡単に心変わりをすることに対して極めて強い怒りを抱いたことは想像に難くない。

だが彼はさらに怒りを覚えるようなことがあった。バークリー伯はデリーの主席司祭職についての裁量を持っていて、スウィフトは自分がその地位に就けるものと見込んでいた。だがブッシュの秘書としての影響力が働き、おそらく賄賂が渡されることによって別の誰かがその地位に就いたのであった。そしてスウィフトにはミーズ監督管区のララカーとラスベガンの聖職禄を与えられなかったが、これら二つを合わせてもデリーの主席司祭職の半分の価値しかもたらさないものであった。

ララカーにて職に就くと、水曜日と金曜日の祈祷を行うこととして教区の職務を増やし、己の職の業務を強い勤勉性と精確性を以て全て成し遂げていった。

ララカーに落ち着いてから、彼はアイルランドに不幸なステラ、本名はジョンソンでサー・ウィリアム・テンプルの執事の娘であった女性を呼び寄せた。テンプルは彼女の父親の優れた人間性を慮り彼女に千ポンド遺していたのであった。彼女と一緒にアイルランドにディングリー夫人もやってきたが、この女性の財産は毎年配当される二十七ポンドが全てであった。これらの女性と一緒に過ごすことにより、スウィフトはくつろいだ時間を過ごすようになり、自分の胸襟を開いて彼女たちに話すことができたのである。だが彼女たちは一度もスウィフトと同じ家に住むことはなかったし、第三者がいない状態で会うこともなかった。彼女たちはスウィフトが不在だった時は牧師館で暮らし、スウィフトが帰ってくると、仮宿か近隣に住んでいる聖職者の家に住んだ。

スウィフトは若い頃から多数の作品を刊行したが、世間を驚かせるような類の人間ではなかった。最初に出した作品は、いくつかの詩的なエッセイを除けば、『アテネとローマにおける不協和音』（一七〇一）であり、出版されたのは彼が三十四歳の時であった。この作品が世間に公表され、スウィフトがある主教へと訪ねてみると、「バーネットが政治についての情報でいっぱいの新たなパンフレットを書いた」という言葉を耳にした。スウィフトが本当にそれはバーネットの作品なのだろうかと怪訝そうな様子をしていると、その主教は若者によるものだとした。スウィフトは疑いの様子を一向に改めなかったが、主教も意気のいい若者によるものだとして考えを変えなかった。

それから三年後（一七〇四）、『桶物語』が出版された。この作品を悪意のない奇抜な性格の持ち主によって書かれたものだと慈悲に促されて判断するかもしれない。だが実際は、この作品は危険な作品である。この作品の著者がスウィフトであることは世間一般に信じられてはいるが、そのことを本人が認めたことは一度もないし、れっきとした証拠があったわけでもない。だが他に自分がその作者だと名乗りを上げる人はおらず、ヨーク大主教シャープとサマセットの公爵夫人がこの作品をアン女王に見せ、スウィフトが主教の地位に就くことを禁止されたときも、自分がその作品の著者であることを彼は否定しなかった。

この奔放な作品が世間の目を初めて惹いた時、サッシェヴェレルがスモールリッジと会った時、彼はスモールリッジが『桶物語』の作者だと看做し、彼にお世辞を言おうとした。だがスモールリッジはそれに対して怒りを覚えて「私とあなたが持っている物全て合わせても、いやそれどころか今後一緒に得られるものも全て合わせたとしても、私は『桶物語』を書けと言われても従わないでしょう」

ところでウトンとベントリーに関して述べた脱線箇所については著者の知識あるいは誠実性が不足していることは述べておかなければならない。スウィフトは古代人と近代人のどちらが優れているかについての新旧論争を理解していなかったか、あるいは意図的に誤って解釈したかのどちらかである。だが機知が真理に対してうまく反抗できたのはほんの束の間のことだった。学識ある彼らに対して払われるべき栄誉は、後世の人々によって公平に分配されたのだ。

『書物戦争』はフランスのカリエール著『書物の戦い』と酷似している。それは近代人と古代人についての同様な論争がフランスで行われたものを取り扱っており、これほどにここまで考え方が類似するのは全く偶然という可能性は低く、私の考えとしては、『桶物語』第五版の匿名人物による異議申し立てがあり、その中で『書物の戦い』について問答無用に非難しているわけだが、それだけその作品から影響を受けた証であり、それ故に『書物の戦い』も決してたまたまではなかったとする方が適切かと思われる。

その後しばらくするとスウィフトは孤独な勉学に励み、将来の立身出世のために必要な水準へと己を引き上げることに注いだと思われる。彼がイングランドをどのくらい訪問したか、自分の教区をどのくらい熱心に訪ねたかについては私は分からない。ともかく彼が著作家として認められるようになったのはそれから四年後のことで、さらにその一年後に『イングランド国教徒の宗教と政治に関する意見』、ビカースタッフという名前を使った占星術の風刺、『キリスト教廃止に対する反駁』、『聖餐式審査に対する擁護等』を立ち所に書き上げていった。

『イングランド国教徒の宗教と政治に関する意見』は見事なまでの冷静さ、中庸、気楽さ、明晰さによって書かれているものである。『キリスト教廃止に対する反駁』は言葉回しがうまく機智に富んだ皮肉であり、一節をそこから引用してもいいだろう。

「もしキリスト教が一度でも廃止されてしまったなら、自由思想家たち、強靭な理論家たち、深い学識ある人たちは自分たちの能力をあらゆる点において誇示するために用意してくれている別の主題をどうやって見つけるというのだろうか?常に宗教に対して嘲笑や毒舌をむけてきた天才たちの素晴らしき機智がなくなることを我々はどれほど惜しむだろう?かといって他の主題において宗教と同じくらいに彼らを輝かせたり自身を際立たせたりすることはできるだろうか?現在、機智が大きく衰退していることを我々は嘆いているが、そのような中最大で、唯一残されているとすら言える題目をもさらになくしてしまうというのだ。一体誰がジョン・アスギルを才人、ジョン・トーランドを哲学者と呼んだだろうか、もし無尽蔵に題材を提供してくれるキリスト教を廃止して彼等に題材を供給できなくなるのならば。自然あるいは人の手によるもの全てひっくるめた上で、宗教以外のどのような題目が深遠なる作家としてマシュー・ティンダルを産出し、彼に読者を供給しただろうか？この著者が華やかで際立った存在になり得たのは題目の賢明なる選択によるものである。これらのような宗教廃止について訴えた著作家たちが宗教を擁護する側として書くに至ったら、彼らは即座に耳を向けられることなく忘却の彼方へと沈んでいったことだろう」

審査法自体の合理性について証明するのはそこまで難しくない。だが適切に行われたことはなかったことはおそらく認めなければならないだろう。

41　John Asgill (1659-1738): 十七世紀から十八世紀イギリスの作家、政治家。政治家として活動しながら、クリスチャンについての小冊子を出すなどした。

42　John Toland (1670-1722): 十八世紀アイルランドの思想家、哲学者。若いときにカトリックからプロテスタントに転向し、教父たちの姿勢に批判的な見解を示した。

43　Matthew Tindal (1655/1657-1733): 十七世紀から十八世紀のイギリスの理神論者。比較的進歩的な信仰についての著作があり、ドイツ啓蒙主義に影響を与えた。

ビッカースタッフという名の下に刊行されたパンフレットに対して注目を浴びるようになったことで、スティールは雑誌『タトラー』を企画する際にすでに読者から評判のあったその名前を借用したい気にさせるほどだった。

翌年、彼は『信仰の発展のための計画』を書き、バークリー婦人に捧げた。というのも彼女の好意によって彼に聖職禄が与えられたと思われるからである。至極純粋な気持ちによって書かれたこの計画、しかも生き生きとしていて正確な文体であるその計画の問題点は、他の計画のように全く実現不可能ではないにしても、それでも実現は絶望的なものであるということである。というのもこれを成就するためには、熱意、調和、忍耐の点において人類について眺めてみれば到底期待に応えられる代物ではないのである。

同年、彼は『ビッカースタッフ擁護』、並びに『昔の予言』の解説を書いた。ただ後者については事実に基づき部分的にしか書かれず、最終的には完成されるに至らなかった。とはいえ読んでいて興奮を覚えるほどの意図を持って書かれている。

それからしばらくしたら、スウィフトの人生の中でも忙しく重要な時期が訪れるのであった。アイルランドの大主教に雇われて（一七〇一）、アイルランドの聖職者からも初穂税と二十分の一税を免除してくれるようアン女王に懇願する役目を担うことになった。その際に、スウィフトはそのための助けをハーリー氏に求めたが、前の内閣でそのいくつかの政策を協力することを拒んだため、無視されて虐めを受けていた人物だと誰かによって伝えられた。だが彼が何の政策を拒んだかは伝えられていない。彼が苦しんだことというのは、大主教シャープの叱責によって主教の職から追われたことかと思われる。というのもスウィフトはシャープのことを他人の憎しみを代弁する悪意ない道具であり、後になってその憎しみを伝えた相手の許しを求める馬鹿と表現しているからである。

ハーリーの当時の計画や置かれている境遇からすれば、自分に大いに役立つ補佐となる人物を側に置いておけることは嬉しいことだった。それ故スウィフトに対して彼は親しさを間もなく持つようになったが、かといって信用していたかどうかとなると疑いが挟まれることもあった。だが信用されていると説き伏せられなければスウィフトは彼を大いなる熱意を以て補佐人として助けることはなかったし、かといって表面上の信用だけでスウィフトを騙すことはそう簡単なものではなかっただろう。

ともかく、スウィフトが政策の最初の草案や実行計画のための会議に加わっていたことは間違いないことだ。十六名の内閣の大臣あるいはその代理人がその会議で集い、毎週その誰かの家で会合し、ブラザーという名前の下で結ばれていたが、そのうちの一人としてスウィフトは加わっていたのである。

スウィフトは頑迷なトーリー党員として即座には看做されていなかったので、彼はトーリー党員もホイッグ党員も分け隔てなく大いにその機知を発揮しながら接し、スティールともその時点ではまだ友人関係にあった。スティールは一七一〇年に発刊された雑誌『タトラー』で、スウィフトの優れた会話術について伝え、その雑誌に彼が寄稿したことがあることも言及している。だがスウィフトは政治的な論争に首を突っ込み始めていた。同年に彼は『調査官』を出版し、そのうちの三十三号にスウィフトはペンを進めた。論争においてもスウィフトがアディソンのものよりも優れていたとしてもいいだろう。というのも広範囲な政策運営や公人物の全体像を自由に調べられるという点で、訴える側が事実の選択権を有しているといえ、そのような状態でもなお自分達が後塵を拝することがあればよほど技量が未熟としか言えないからだ。だが機智に関してならば、敵対論者であるアディソンと対等に並べるだけのスウィフトの文章は見受けられないと言うしかない。

翌年の早い段階から彼は『英語の喋り方を矯正し、向上させ、確たるものにするための提案』を刊行し、オックスフォードのハーリー伯へと送る手紙の体裁を取っている。言語の普遍的な本質を大して持っていない状態で書いてあり、英語以外の言語の歴史についても正確に検討しているわけでもない。あらゆる経験に反して、言語の確実性と安定性については彼は到達可能なものと考えていて、そのためにアカデミアの設立を訴えている。だがそのようなものを命じられても、誰もが皆従わなかっただろうし、従わないことに誇りを抱く者すら大勢いるだろう。そして仮に実現されたところで、次々行われる選挙によって短い時間の内に最初のものとは別のものとなるだろう。

同年に彼は『十月クラブへの手紙』を書いた。その会員というのは地方から議会へと送られた多数のトーリー党員たちであり、彼らは集まってクラブを形成した。その数は大体百くらいで、集まっては互いに情熱を燃やし、期待を高揚させた。彼らは大臣たちが好機を逸していて、国民の熱情を十二分に活用していないと確固たる理由で考えていた。声を高くしながら彼らはもっと変化と強力な効果をもたらすべきであると訴えた。公共の泥棒だと彼らが看做した者たちの一部は罰し、残りの者達は追放するべきだとした。

そんな熱意も、アン女王によってもハーリー伯によっても満たされることはなかった。女王は彼らを恐れていたので恐らくゆっくりとしか腰を上げなかっただろうし、ハーリーの方は彼らを信じていなかったからやはり同じくらいの積極性であった。ハーリーは単に必要であったから、あるいは都合が良かったからトーリー党員であっただけなのである。彼の手中に権力があった時、それを行使するための確たる目的はなかった。彼を支援していたトーリー党員たちをある程度までは満足させる必要があったが、かといってホイッグ党員たちとの和解についても全く絶望的なものにはしたくなかったから、国王の候補者二名と同時に文通し、そして言われてきたように、王位継承者を未定のままにした。どうすればいいのか分からなかったので、何もしなかったというわけである。そして詐欺師の運命のように、彼はやがて権力を失い、それでいて敵は多くいたままであった。

スウィフトは十月クラブのメンバーたちの意見に同意していたようではあるが、ハーリーのノロノロとした対応を速めるだけの力はなく、出来る限り促しはしたものの効果は微々たるものだった。どこへ行くべきか分からぬ者は、急いで動こうとはしない。ハーリーは恐らく迅速に行動する質ではなかったようで、ただでさえ遅々としていたのに優柔不断によってさらに行動が遅くなった。その生まれつきの鈍さを相手に嘆かれても彼は意にかけず、政治的戦略として自画自賛するほどだった。

だがトーリー党員の支持がなければ彼は何もできなかった。そして彼等を満足させることができない以上、宥める必要がある。そして大臣の行動が正当化できないのなら、少なくとも言い訳を口先巧みに立てることができるとスウィフトは考えたのである。

スウィフトはこの頃、政治的に最も重要な時期に差し掛かっていた。彼は議会が招集される十日前に『同盟諸国の行状』を刊行した（一七一二）。これの狙いは母国を和平へと向かわせるためにあった。そしてこれほどの成果をもたらした著作家はいなかった。大かがり火と凱旋の行列を楽しみ、イングランドを諸国家の仲介役としたチャーチル将軍とその友人達を偶像礼拝的に見つめていた国民は、実際は鉱山が蕩尽され、数百万の国民が粉砕され、逆にオランダ人を救い、皇帝の権勢を自分たちには何ら利益をもたらすことなく増大させたものと知り、恥辱と激しい怒りを感じていたのである。隣国同士の戦いにおいて自分たちがその隣国に賄賂を出していて、自分たちの敵国に自国の同盟諸国を入れてしまいそうだということをスウィフトのその作品で知ったのである。

今ではもう疑われていないことだが、戦争はモールバラの懐を温めるために必要もなく引き延ばされ、彼が毎年の略奪を続けられていたなら終わることなくずっと続いたということを当時初めて国民は知ったのだ。だがスウィフトはどうやら自身が後で書いたこと、つまりクーパー卿が証印を拒否して無効にする決断がされなかったならば、モールバラはその将軍の地位にずっと居続けたであろうことを知らなかったように思える。

「受け取り方は、受け取る人物に応じて受け取られる」と学校では言われる。確かに政治的な論文が発揮する力は受け取る方の気質に大いに依存するものである。当時のイギリスは血気盛んで、火花が一つでもでたらそれは一気に炎上した。十一月から一月の間に一万一千部売れたと声高に言われているが、それは確かに当時としては相当な部数である。というのも当時のイギリスは読書層が少なかったからである。これほどまでに国内全体に読まれることは、そのことを望んでいた権力者が関わっていなければならない。スウィフトのパンフレットは会話に議論を、討論に演説を、議決において材料をもたらしたのである。

だが、驚異を生み出したそのパンフレットを冷静な目で読んでみれば、誰でもその驚異は読み手の情熱によってこそ生み出され、それらを書いた著者のペンの力量によるものはほとんどないのではないことに気づくのは間違いあるまい。

この年（一七一二）、スウィフトは『防護条約に関する省察』を刊行したのだが、これにはかつて出した『同盟諸国の行状』において述べられている企図が込められており、条約交渉においてイギリスの利益がどのくらい少ししか慮られなかったか、そして被征服国の要求がどれほどオランダによって求められたかを示している。

これに続き、一七一三年一二月に『「イングランド国教会改革史第三巻のソールズベリー・セイラム主教による序文」に関する所見』が出されたが、この序文はバーネットがイギリスにおいてローマ・カトリックが接近しつつあることを国民に警告するものだが、スウィフトはそれに対する返答としてこれを書いたのであり、彼は主教を単なる政治的嫌悪以上のものとして嫌っていたらしく、主教をあたかも侮辱する絶好の機会として取り扱っているのである。スウィフトは今ではトーリー内閣のお気に入りであるとはっきりと言われ、腹心の友ですらあり、宮廷における依存者から依存者らしい敬意を向けられていた。だがスウィフトはやがて位の高い人たちと接する惨めさを感じるようになってきた。自分がスウィフトの知り合いと言えた人たちは、自分が幸運を手に入れたものと看做していた。依頼、懇願、陳情等がスウィフトの周りに押し寄せてきた。スウィフトは多様な仕事をし、職を充てがってやったり、別の者には失わないように計らってやることが期待されていた。自分に頼ってきた人たちを助けることにおいて、十二分な勤勉性を発揮した。そして自分の働きかけにより多数のホイッグ党員たちにも利益をもたらし、特にアディソンとコングリーヴが自分たちの地位に留まり続けたと信じていただろうが、そのことを他の者たちも信じて欲しいと願っていた。だがどれほど影響力があろうとも自分が応じられないほどに余りに多くの懇願が向けられれば、満足させる人数よりも気分を害する人数の方が多くなるのは必然である。なぜなら一人の人間を贔屓することは残りの全てのものに不満をもたらすからである。「私が一人に地位を与えると、百人が不満になり、一人が忘恩に出る」とルイ十四世は言っている。

スウィフトが大臣たちとの会話において保持した対等意識や自立心、素直な反対意見、交友関係における親密さについては今まで多数のことが言われてきた。この類の話では、いくつかの瑣末な出来事が当人の振舞い、態度全般と対比されるものである。だがその時の権力者に対して卑屈な敬意を示そうとする場合、その者の面前で自由に振舞い自身の判断に基づき自分を大きく見せること以上の手段はないのである。コミュニティにおいて二つの異なった地位があるとするなら、そこには必然的にある程度の距離感がある。その際上位にいる者がもっと近づいてきてもいいと下位の者に要求するのならば、それに応じるのが普通というものである。だが不機嫌や押し付けがましさというのは寛大さから生まれることは滅多にないし、自己の重要性に基づいたプライドや劣等感からくる悪意以上に高潔な原因に起因することはない。自分が必要とされている存在だと承知しているものは、その必要が続く限りは、自分に高い価値を置くものだ。下層階級において技量に優れた召使は生意気であることがある。だがその生意気さというのは彼が卑屈ゆえにこそ出るものである。スウィフトが権力者達によって必要とされなくなっても、友好関係を保持していたようなものである。なので、生来の強めの子供っぽい自由奔放さも彼らの優れた資質によって覆い隠されていたと言わねばなるまい。

彼の公平無私さについても同様に言及されてきた。その英雄的な素質も、彼の当時置かれていた境遇だと非現実的で余計なものと看做されていたかもしれない。教会の聖職禄に空席が出ると、誰かに譲らなければならない。そして権力者の友人たちが、よほど性格的に向いていない場合でもない限り、自分がそれに就くものと看做すのは当然であろう。スウィフトは一七一三年四月、聖パトリック大聖堂の主席司祭の職を受け入れたが、これは彼の権力者の友人たちがあえて彼に与えた最大の地位であった。トーリー党は聖職者によって大いに支持されていたのだが、その当時でもなお『桶物語』の作者と和解していた訳ではなかった。そしてスウィフトがイギリスの大聖堂の職に就いたのを見たら、彼らは大いに不満と憤慨を撒き散らしたことだろう。

確かにスウィフトはオックスフォード卿から五十ポンドを受け取ることを断ったが、後になって財務省から千ポンド分の手形を受け取った。だがそれはアン女王の逝去によって彼のものにはならなくなり、結局彼は、本人の表現を借りれば「多数の呻吟によって」諦めたのである。

政界において相応の力を握っていた最中、自分の訪問、散歩、大臣達との面会、召使たちとの口論等についての日誌を書いていた。そしてそれをジョンソン夫人とディングリー夫人へと送付したが、彼女たちは自分の身に起こるどんなことでも面白がり、どんなに微に入ったことでも気にしないことをスウィフトは承知していた。だがこのような日常的に些細なことを、スウィフトと接して何ら楽しみを抱かなかった者にも晒していいものかどうか、疑問に思うことは当然であろう。だがそれでもなお人の目を惹く奇妙な所が部分的にはある。彼が重要だとみなしていた名前が頻繁に出てくるのを見出す読み手は、更なる情報を求めてページをめくっていく。そして読み進めるのに疲れるような内容でもないから、内容が期待に応えないものだったとしても不満を抱く可能性は低い。この日誌のどのページを読んでもすぐに分かることだが、スウィフトは野心に駆り立てられる形で喧騒に囲まれた人生を送っていたが、平穏な生活への渇望が脳裏に押し戻ってくることが絶えずあった。

司祭に任命されると、彼はすぐにその職のあるアイルランドへと赴いた。だがそこでは二週間以上滞在することは許されずイギリスへと呼び戻された。その理由は互いに敵意を以て見るようになりその悪意も日増しに増大していくオックスフォード卿とボーリングブローク卿を和解させるためでもあった。だがボーリングブローク卿は晩年までその悪意をずっと持っていたようである。

スウィフトは二人の話し合いを目論んだが、結局お互い不満を抱いたまま別れた。さらに二回目の話し合いの場も設けたが、そこで分かったことといえば互いが和解不可能なほどに確執を抱いているということであった。スウィフトは二人に、もう無理だと主張するばかりであった。この公然たる非難と言ってもいいスウィフトの主張に対して、オックスフォード卿は反駁したが、ボーリングブローク卿は「その通りだ」と囁いた。

この二人の激しい確執がトーリー内閣を震撼させる前にスウィフトはその年（一七一四年）

の初期に、『ホイッグ党の公共精神』を、スティールが庶民院から追放される原因となった『危機』というパンフレットに応える形で書き上げて刊行した。スウィフトはその頃にはもう礼儀を以て接する必要がないと看做すくらいにスティールと疎遠になっていたので、彼に時には軽蔑の念を、そして時には強い嫌悪感すらもぶつけている。

このパンフレットにおいて、スコットランド人のことを「貧しくて獰猛な北方民族」と彼らの血気盛んな国民性を刺激するような言い回しを行っていて、自分たちを害する者には必ずや災いありとして、スコットランドの貴族達は一団となりアン女王に謁見を要求し、謝罪と償いを要求した。そして布告が出されて、例のパンフレットの作者を探し当てた者には三百ポンドを懸賞金として出すとした。この嵐から、「巧妙に逃れた」とスウィフト自身が表現するようにうまく危機を脱した。だがどのような巧妙さか、誰の分別のおかげかについては知られていない。そして彼の評判が上々になっていくにつれ、スコットランドの人たちはまたスウィフトの素晴らしい友人になりたいと申し出た。

彼は今やホイッグ党にとっても手強い敵として映るようになり、大臣たちと親しい関係にあることが議会において騒ぎを起こした。特にエイズルビーとウォルポールという後に大きな存在となる二人の人物が声を大きくして訴えた。

だが大きな権力を持っていた友人たちが党から離反したため、スウィフトの政界における重要性や企図も今や終わりを迎えようとしていた。そして自分の働き掛けもすでに無用なものとなったことを見ると、一七一四年の六月辺りにバークシャーにある友人宅へと引っ込んだ。そこで彼は当時は刊行されなかったが、『現在の国家情勢についての素直な意見』という題で後に世に出るものを書き上げた。このように隠遁している間に、時間や時の運によって何かの出来事が自分の身に引き起こされるかも知れないと待っていたら、アン女王が崩御し、トーリー党の全体制が一気に崩れ落ちた。そしてスウィフトに出来ることと言ったら、勝ち誇ったホイッグ党員の容赦ない攻撃を受けぬよう身を退き、嫉妬されず、人里離れたところで自身を匿うことにあった。

スウィフトがアイルランドでどのように受け止められているかについては、オーラリー卿とディレイニー博士によって説明されているが、内容は各々大きく異なる。両者とも真実しか書かぬ書き手であるので、彼らへの信用性を保つためには、彼らは各々スウィフトの異なった時期において語っていると思うしかあるまい（そしてそれは正しいと私は考える）。主席司祭の職に就くためにアイルランドに来た最初の二週間、彼はアイルランドで敬意を以て迎え入れられたとディレイニー博士は指摘している。彼が大衆によって石を投げられたとオーラリー卿がしているのは、アン女王が逝去した後にダブリンに定住した時のことを指しているのだろう。

ダブリンの大主教キングは、最初はスウィフトが己の職務権利を行使する時幾分か妨害したりしたが、やがて彼は分別と誠実性を備え、権力を不当に行使することは滅多になく、さらに自分が正しいとした時には反対者に対してそうそう譲歩しない精神性を有しているのを見出した。

政党の喧騒と宮廷の陰謀策略から逃れたばかりの頃であったから、彼の心はまだ動転していたが、それはあたかも海の嵐が止んでもなお波が揺れているのと似ている。それ故彼は自分の時間をいくつかの回想的なものの執筆にあてがい、『政局運営政党の交代』と『トーリー内閣の政局運営』を書き上げた。さらにウィンザーで一七一二年ごろに『アン女王治世における最後の四年間』も書いたとされているが、これは女王がまだ存命であった頃に書き始められたのであり、それからも大いに集中させて精一杯に書き進めたにも拘らず、書き終えてからすぐには刊行されなかった。スウィフトの死後、この作品はオーラリー卿とキング博士の手に渡った。そして前述した題名でスウィフトの名前の下、ルーカス博士によって出版された。このことについて私が言えることといえば、かつてオーラリー伯と老いたルイス氏との会話を聞いた内容を鑑みて私が抱いた感想とは全く違っているように思えるということだけである。

このようにしてスウィフトは今となっては自分の意志に大いに反する形で、アイルランドでの生活をそれからずっと続けることになるが、亡命者の身分として看做す自分はどうやってこの国にうまく適合するかを考え出すことが問題となっていた。まず彼が最初に必要なのは信心深さにあると考えた。その頃には死の考えが彼の脳裏に押し寄せてきていつまでも離れない状態にあって、朝起きる時もこの考えにすぐに取り憑かれた。そしてこれが何年も続くのであった。

一週間に二度、スウィフトは自分の家の食卓を公のために開き、その催しにおいて次第に男性ならば学識ある者が、女性なら品のある者が訪問者として増えていくようになった。ステラは地方から出て、スウィフト司祭からそう遠くない場所に住んでいた。そして食卓を開放する日は彼女が食卓用意のための役目を負ったのだが、実際の食事においては他の女性達と同じく単なる客の一人として顔を出すだけであった。

残りの五日間については、スウィフトは自分が勤めている聖堂の聖職者であるウォラル氏と一緒に決められた食費の下で食事をすることが多かった。ウォラル氏の家は彼の妻によって特に清潔に整えられていて快適であった。このような倹約的な生活をしたそもそものきっかけは、契約によって借金をしたため出費を切り詰めるためのものだったが、借金を返済した後も金の蓄積が面白くて倹約を続けるのであった。だが彼の強い貯金欲も、自身の威厳を毀損するようなことは許さなかった。それを示す一例として、彼は食事の際に料理が皿に盛られるが、皿に盛られる料理を食べるアイルランド人の中で自分は最も貧しく、馬車なしで生活していた最も裕福な紳士であるとよく口にしていた。スウィフトが仕事以外の時間をどのようにして過ごしたのか、そしてどのようにして勉学の時間を捻出したのか、好奇心を元に色々と調べられてきたが無駄だった。一体誰が自分以外の者の入念な探求について説明することができるだろうか? スウィフトは誰にも自分のプライベートな部分を教えるような人物ではなかったし、あるいは自分の仕事や余暇の時間について詳しい情報を教えるようなこともしなかった。

その後彼が四十九歳の時（一七一六）に、マドン博士が私に教えてくれた情報によると、クロハーの主教アッシュ博士の仲立ちによってステラと主教公邸の庭で内密に結婚したとのことだった。だが結婚しても両者の生活様式には何ら変化が齎されなかった。彼らは結婚前と同様、別々の家で過ごした。また、スウィフトが目眩の発作に襲われた時以外は、ステラが主教公邸に泊まることもなかった。「彼等が結婚した後第三者抜きで二人っきりで過ごしたかどうかを証明するのは難しいでしょう」とオーラリー卿は述べている。

聖パトリック大聖堂の主席司祭は人目につかぬように生活し、彼の友人たちしか詳しくは知らなかったし、目を向けられることもなかった。だが一七二〇頃になると、あるパンフレットを公に出して、アイルランド人に自国製品を使用し、そこから必然的にその改良を訴えた。自分たちが労力を注いで作ったものを使うというのはもちろん自然な権利であり、そして自分達のその製品を最も好むというのは自然な感情である。だがこの感情を掻き立て、その権利を行使することは、イギリスとの貿易によって利益を上げていた人たちにとって犯罪的なものと映り、パンフレットを印刷した者は投獄されるに至った。そしてホークスワース博士が正しく洞察しているように、この無礼千万な出来事によって大衆の注意はパンフレットの著者へと向かい、スウィフトはそれによって人気を獲得するに至るのであった。

一七二三年にヴァヌムリー夫人が死去した。彼女は機智を非常に好むことにより不幸になり、ヴァネッサの名前によって不名誉な点において注目を浴びていた人物だが、彼女の行状については十二分に知られているため、その詳しい身の上話についてわざわざここに載せる必要はないだろう。彼女は文学に造詣が深かった若い女性であり、「Dean」（主席司祭）のラテン語「Decanus」の文字列を組み替えて「Cadenus【カデナス】」とスウィフトは彼女のことを呼び、彼女の指導や教示に喜んで従事した。褒められることを嬉しく思うようになった彼女は、スウィフトという人間のことも好きになっていった。スウィフトはその時四十七歳くらいだったが、それくらいの年齢になると若い女に好意を以て目を向けられると虚栄心は大きくくすぐられるものである。恋愛感情を満足させるつもりがなかったのならスウィフトはそれを抑制するべきだったと言うのなら、それに対する弁護として彼が強く軽蔑した「男は所詮男」という言葉に依拠するしかあるまい。彼女との恋愛の初期の段階では自分でも何をしたいのか分からず、彼自身が表現したように、優柔不断だったのだ。ヴァネッサの求愛を許し、それでいてステラとの結婚後にも彼女の期待に応じることは、醜聞のそれをなんとか先延ばしスキャンダルが一気に爆発するのをビクビクしつつ、お楽しみの時間を作ろうと探っていた、ということ以外の正直な言い訳は考えられない。他方で彼女の方は、自分が無視されていると考え、失望しつつこの世を去った。彼女の遺言によって詩が出版されたが、その詩において彼女は自分の優れた点をはっきりと描き、そしてスウィフトの愛についても告白した。この詩が出版されたことにより、主席司祭とステラにどのような影響をもたらしたかについては、ディレイニー博士が次のように述べている。

二人ともこの出来事において大いにショックを受け心を痛めたこと（といっても違った受け取り方だろうが）については、信じるに足る根拠がある。主席司祭の方は南アイルランドへの旅に二ヶ月ほど出かけ、今回は気を紛らわせ、悪口を逃れるのが目的だった。そしてステラは主席司祭の陽気で寛大で好意的な性格で、そして彼女もまた大好きで敬意を払っていた友人の宅へと（家主の熱心な招待によって）ひっこんだ。彼女について私に情報を与えたくれた友人も、彼女をそこにいるのを頻繁に見た。そしてその邸の主人は悲しい境遇に置かれている彼女を安堵させ、支え、楽しませるために最大限に心を砕いていたこともまた、正しいと信じるだけの根拠がある。

彼女がいる間、そこで生じた些細な出来事を教えてくれたのだが、生涯においてその話を忘れることはおそらくあるまい。彼女の友人は暖かく客を迎え入れ、開放的な人物で、愛され、広く知られていたのだが、ある日のこと、ステラの事情について全く知らぬある紳士が夕食の席に入り寄ってきた。そしてカデナスとヴァネッサの詩が当時の会話の主要な話題であり、食事をしていたある人が「あのヴァネッサという人はとても素晴らしい才能の持ち主なのは間違いないね、だって彼女についてあれほど優れた詩を主席司祭に書かせたんだからね。」。それを聞くとステラは微笑み、こう答えた。「それは必ずしもそうとは限りませんわね、だって主席司祭は箒の柄についてだって素晴らしい文章を書けるのですから」

スウィフトがアイルランド人から大いに尊敬され影響を発揮できるようになったのは一七二四年の『ドレイピアの手紙』によってである。スタッフォードシャーのウルヴァーハムプトン出身のウッドという商魂たくましく強欲な人物が、マンスター公爵夫人に賄賂を送って特許を手に入れ、それによって彼はアイルランド王国用の半ペニー銅貨と四分の一ペニー分相当のファージング銅貨を十八万ポンド分鋳造できるようになったとされている。アイルランドでは当時銅貨がとても足りていない状態にあり、大きな不便を被っていた状態にあったなかで、である。そして金貨や銀貨を信用とした取引を行うこともできず、酒場の料理人や経営者は銀貨を持っていた人に料理を提供することを拒否できず、客としても釣り銭をもらわずに硬貨をおいて帰るわけにはいかなかった。

それゆえウッドの計画は尤もらしいものに思えた。すでに銅貨は非常に欠乏していた状態にあったが、ウッドはその状況を更にひどいものにしようとし、配下を使い古い半ペニー銅貨を集めさせた。そして新たな鋳造所で作った銅貨をアイルランドにてばら撒いて、真鍮を金へと変換しようとしたが、その銅貨の価値がスウィフトは著しく下落していることを見出し、M・B・ドレイピアの名前で書簡体のパンフレットを書き、それらを受け取ることの愚かしさと名目価値の三分の一もないであろう銅貨と引き換えに、金貨や銀貨を放出することによってもたらされる害悪について説明した。

国家全体が警戒するようになった。その新しい銅貨を皆受け取ることを拒否した。だがアイルランドの役人たちは、国王が認めた特許に対する抵抗を重罪だとした。そして当時のアイルランド最高法院主席判事で、以前のパンフレットの発行者を審問して陪審員を九回も変えて、怒号と脅迫が起きるまでに至り特別評決を下すに至ったウィットシェッドが、ドレイピアなる人物を告発したのだが、大陪審を説き伏せて起訴へと持ち込むことはできなかった。

カートレット卿とアイルランド枢密院は布告を出して、「第四書簡」の作者を見つけ出した者には三百ポンドを提供するとした。スウィフトは印刷者たちに自分が作者であることを隠すほどに慎重な行動をとっていて、唯一信じていたのは原稿を書き写した使用人頭だけであった。だがこの男は、その布告が出されたらすぐに家からぶらりと出ていき、一晩中ずっと戻ってこず、翌日になってやっと戻ってきた。彼が主人を報奨金のために裏切ったと恐れるだけの理由は十分にあった。だが彼が家へと戻ってくると、主席司祭は彼に対して従者としての制服を脱いで、家から出て行けと命じた。「というのも」と彼は言った。「私の人生がお前の手中にあることは分かっているからだ。だが私が恐れているからといって、お前の横柄さや怠惰に振る舞うことに我慢するつもりはない」。使用人頭は己の過失について何ら言い訳することなく詫びの言葉を述べた。そして自分が主人を危険に陥れる状態にある限りは、家に軟禁してもいいと懇願した。だが主席司祭は断固たる態度で彼を家から追い出し、その男と関わることはなかった。だが懸賞金の期限が切れると彼をまた家へと迎え入れ、やがてその男を含む使用人を全員自分の前に理由は言わずに呼び出して、君たちの使用人仲間である彼は、もはや使用人頭のロバートではない。そうではなくその誠実さによって聖パトリック大聖堂の聖堂番になったブレイクリー氏である、とした。その身分の年収は三十ポンドから四十ポンドだった。だがその男は、なおそれから数年間、使用人頭として主人のスウィフトに仕え続けたのであった。

この頃からスウィフトは「主席司祭」の名前で呼ばれるようになった。彼は大衆からアイルランドの擁護者、庇護者、指導者として敬意を向けられた。そしてその敬意の度合いと期間を鑑みれば、彼よりも裕福な者か高い身分の者でもない限り、受け取った者がほとんどいないような権威を彼は得ていたのである。

一七二四年という重要な年以来、アイルランドの商人の託宣者となり、大衆たちの偶像となった。そしてその結果として、好意を獲得する必要のある商人たちや大衆たちからは恐れられ、諂いを受ける存在となった。ドレイピアは成功の印だった。そしてドレイピアがどちらへと目と耳を向けようとも、国民の感謝を示す印が何かしら目にできたのである。

実際にスウィフトが施した慈善は素晴らしいものだった。彼は極めて抑圧的で略奪的な侵略からアイルランドを救ったのだ。そしてそこから得た人気の維持には熱心な努力を向け、公共の利益が関わっていると思われる時はいつも熱意ある様子で先頭に立ったりした。そしてあまり躊躇うことなく自分の影響力を誇った。貨幣の統制を試みる際、当時のアイルランド最高法院判事の一人である大主教ブールターが、彼が人々を扇動していると非難したが、「私がもし自分の指を上げていたなら、彼らはあなたをバラバラに引き裂いていたでしょうな」と自分には何ら罪はないことを示した。

だがそのような人気の愉悦も、家庭内の不幸によって乱されることとなる。彼はステラと会話していて生活の苦痛を大いに和らげていたが、彼女はドレイピアが勝鬨を上げた頃の年から徐々に病が悪化していった。そしてそれから二年経過すると、あまりに病状がひどく、彼女の回復はもう絶望的なものと看做されていた。

その頃スウィフトはイギリスにいて、ボーリングブローク卿から一緒にフランスで冬を過ごそうと誘われていた。だが彼女の酷い病状についての手紙を受け取り急いでアイルランドへと赴いた。その後彼が一緒にいてくれたことから、ステラの症状はまだ悪く不安定なままではあったがそれでもある程度は回復した。

スウィフトはだいぶ安心して、一七二七年にイギリスに戻った。そこでポープと合作で『雑文集』を三巻分編集したが、そこではポープへの不平と申し訳なさ気な序文が挿入されている。一七二七年という重要な年に、世間に『ガリヴァー旅行記』が出版された。あまりにそれは斬新奇抜なもので、読み手を喜悦と驚愕が混ざったような感情で満たした。世間の読者たちはそれを貪欲なくらいに読んだので、初版の価格が第二版が出版される前から値上がりするほどだった。上流階級、下流階級、学識ある者乏しい者問わず読まれた。批評よりも驚きの方が強くその声はしばらく聞こえなかった。いかなる判断基準も、真理と秩序を公然と無視したものに対して適用されることはなかった。だがある程度冷静な批評ができるくらいにはなると、作中で一番読んでいて楽しくないのは第三の空飛ぶ島を描く箇所であり、最も嫌悪感を抱かせるのは第四部のフウイヌム族であるということになった。

スウィフトがこの新たな作品の評判を楽しんでいる間、国王ジョージ一世の逝去の報せが届いてきた。そして国王ジョージ二世と王妃キャロラインが座を継承すると三日後に彼らの手に接吻することとなった。

王妃がまだ皇太子紀であったころ、スウィフトは彼女にある程度寵愛されていて、彼女が好機嫌だった時は彼を大いに優遇した。だが彼女が満たしてあげるつもりのない希望を抱かせたのか、あるいは彼女がその気がないようなことを彼が勝手に期待したのかは知らないが、スウィフトは後になって彼女のことを悪意を以て思い出した。特に彼女が贈与するとしたメダルを結局は贈らなかったとして、スウィフトは非難したのだった。

彼女の側においても、何か不平不満を言う理由がある程度があったのではないだろうか。ある手紙が彼女宛てに送られたことがあったが、それはバーバー夫人の庇護をお願いするというより要求しているような内容だった。その女性は機転の利くアイルランド人で、自作の詩の予約購読をせがんでいた。その手紙にはスウィフトの名前が書かれていたし、その言い回しや内容についても明らかに彼のものであった。だが彼自身が直接書いたものではなく、些細ながら言語的に間違っている箇所も幾分かある。彼がその手紙について非難を受けた時、言語上の間違いを彼は指摘して、自分が非難を受ける謂れはないとした。だが真っ向から否定した訳でもなかった。スウィフトには臆病と誠実の間で何とか誤魔化し、どうでもいい些細なことについて語る時も随分と誇張染みて喋るのである。

スウィフトは政治においてもまた出世しようと思い始めたらしく、アン女王時代のマシャム夫人が成し遂げたことを想起しつつハワード夫人に取り入ろうと努めた。だが彼の追従は他の才人たちと同様に、失敗に終わった。その婦人は相手にも権力があることを欲したか、詩人としての不滅の名声に興味がなかったかのどちらかである。それから程なくスウィフトは眩暈に襲われ、再度ステラの病状と生命の危機についての報せを受けた。そしてポープの家を去ったが、「病んだ友人同士は一緒に生活することはできない」とその際別れの儀式をすることはほとんどなかった。そしてチェスターに着くまで手紙を出すこともなかった。

スウィフトは悲しさに沈みながら帰宅した。可哀想なステラは墓の中に入りかけていた。そして約二ヶ月の身体衰弱の後、一七二八年一月二八日、四十四歳の年齢で死去した。どれほどスウィフトが彼女が生きることを望んでいたかは、彼の書いた物を覗けば伝ってくる。更に、自分が最も愛している存在の死を、自分自身が速めたという自意識があることも疑いないことだと分かる。

美しさと周りを喜ばせる能力、これらが女性が望んだり実際に所有したりできる最も大きな外的利点だが、それは不運なステラにとって致命的なものだった。彼女が不幸にも愛していた男は、ディレイニー氏が述べているように、奇抜さを好み、摂理によって示される普通の道程からは逸脱したやり方で自分に幸福をもたらすような人物であった。彼女がアイルランドにやってきた時から、スウィフトは彼女を自分の支配下に置くと決意していて、十分彼女にとって望ましい結婚話を、不当な要求を積み重ねることによりとても満たすことのできない条件を指示することによって妨げた。彼女が好き放題に振る舞っていると、スウィフトは彼女が完全に我がものではないとみなした。怒りや野心、あるいは気まぐれが二人を離れ離れにさせるかもしれない。それ故「念には念を入れ」(『マクベス』第四幕)て、内密な結婚で彼女を自分のものとすることを決意し、その結婚には夫婦間の束縛という不安の種のない、完全な友情からくるあらゆる喜びの期待を結びつけるのであった。だが可哀想なステラはこのことについて不満を抱いていた。彼女は妻として取り扱われることは一度もなかったし、世間には愛人として映ったからだ。彼が自分のことを本当の意味で妻として迎え入れてくれることを希望し、陰鬱な心持ちの中で日々を送っていった。だが彼がステラを妻として認めたいとした時、すでに彼の行動は変わっていて精神も錯乱していたから、彼女は彼にもう遅すぎると伝えた。そして彼女は怒りつつも悲しみいっぱいな心で、自分が最も愛して敬意を払っていた男の横暴を寛恕しつつ、死去したのである。

彼女を生かしておきたいがために自然の法則すら乗り越えようとするほどの、普通でない愛情は何だったのか、好奇心により尋ねたがるだろう。だがそれをどうやって満足させられるというのか？スウィフトは愛している側だった。それ故彼の証言をそのまま信じるわけにはいかない。ディレイニーと他のアイルランド人の人々もスウィフトの目で彼女を見ていたので、同じくらい信じるわけにはいかない。彼女が極めて高い水準の徳性と、美と、優美さを持っているというのは、愛する側が相手に抱く過大な感嘆の念として十分あり得るものである。だが実際は彼女は学識はそこまでなかったし、英語の綴りをしばしば間違えるくらいだった。そして彼女の機智についても、スウィフトはそれを高く褒めそやしているが、そもそもスウィフト自身が集めた自分の機智の言葉は何か卓越したものがあるというものでもない。

スウィフトが結婚する若い女性へと送った手紙を読んだ者は、彼の女性の卓越さについて述べた見解をそのまま信用していいものか疑いを持つだろう。というのもその手紙において書かれている内容が、彼の女性への一般的な見解を表しているのなら、女性がほんのちょっと良識を示せば彼は立ち所に恍惚となるし、ちょっとでも徳を発揮すれば驚嘆の念を抱くからである。スウィフトによるステラの卓越した美点は、従って、局所的なものであったに過ぎないかもしれない。彼女が優れていたのは、スウィフトが関わった他の女性たちが大したことなかったからである。

スウィフトの生涯について後になって刊行されたいくつかの注釈によれば、彼らの結婚は実際はなかったものであり、少なくとも疑わしいものであるとしている。だが、ああ、可哀想なステラ。マドン博士が私に伝えたところによれば、シェリダン博士が彼女の死の床に牧師として付き添っていた時に、彼女から自分の悲しい身の上話を話してくれたとのことだった。そしてディラニー氏も、その結婚生活を気の毒に思いはするが、なかったと疑うようなことは述べていない。スウィフトはステラのことをため息を漏らさずに言及することもない。

スウィフトは残りの生涯をアイルランドで過ごした。そこでは彼はほとんど専制的なくらいに権力を持っていたし、偶像礼拝と言えるくらいに追従を受けていたが、それでも馴染むことはできなかった。イギリスに足を運びたいと思うこともあったが、何らかの理由で毎回延期された。晩年、彼はポープにもう一回会いたい旨を伝えた。だがもし無理なら、全人類はお互い別れねばならぬように、我々もまた別れなければならない、と彼は言っている。

ステラの死後、彼の慈愛心は縮小され、逆に気質はより荒々しいものとなった。食事の席で客を追い払っておきながら、どうして誰も自分と会おうとしないのかと不思議に思うくらいであった。だがそれでも公には注意を払い続け、緊迫した事態が差し迫っている時は、指示、勧告、あるいは非難の文を自分の意見として時折書き、それには何かしら意義があった。

スウィフトが常に嫌悪感を抱いていた長老教会派についての短い詩ではとても高い評価を受けていて、聖職者を侮辱することで有名な弁護士ベッツワースをこき下ろしており、それによってその弁護士は即座に世間から軽蔑されるに至った。ベッツワースはその侮辱とそれによる損失について激怒し、スウィフトの所に赴いて、お前があの詩の作者なのかと尋ねた。それに対して彼はこう答えた。「ベッツワースさん、私が若い頃に多数の優れた弁護士と知り合いになっていて彼らは私の風刺的な性格を見抜いていました。そして私が風刺した悪人や馬鹿が私のところに来て、お前があの風刺の作者なのか、と尋ねてきたら私はそうではないと答えるようにアドバイスをくれました。そういうわけでベッツワースさん、あなたにお答えしますが、私はあの詩行の作者ではありません」

この説明にベッツワースを全くと言っていいくらいに納得することはなく、肉体に及ぶ暴力的な復讐を行うという決意を公言した。それに対して聖パトリック大聖堂近辺の住人たちが主席司祭を守るための組織を立てた。ベッツワースは議会において「スウィフトは私から年百二十ポンド奪い取った」とはっきり主張している。

スウィフトはまた別の慈善活動によってもしばらくは有名だった。彼は数百ポンドを使い、貧しい人たちに下は五シリング、上は五ポンドまでの小金を貸し付けたのであった。利子は受け取らず、返済するときに会計係の少額の手数料を払うことと、返済日を厳守することだけを要求した。だが厳格で几帳面な性格というのは貧乏人との取引において非常に都合の悪いものである。約束された支払い日が守られないことは何度もあり、そもそも返済されることもなかった。これは簡単に予想できるものといえばそうだった。だがスウィフトはこの事態に対して、忍耐も憐れみも示すことは全くなく、金を返さない者たちを訴えるよう命じた。取り立ての厳しい債権者というだけで悪評判なのだが、その上慈善活動の下で徴収吏を雇っていたというもっとひどい評判が出回っていた。彼への強い非難が起きるようになり、大衆たちの怒りも爆発した。そういうわけで自分の計画を取り止めざるを得ず、貧乏人から几帳面さを期待することの愚かさを痛感するしかなかった。

彼の荒々しい気質は絶えずひどくなっていって、孤独へと追い込まれるようになった。そして孤独への怒りが更にひどい怒りとなったのだ。だが彼は完全に孤独というわけではなかった。幾人かの学識ある男や上品な女が、しばしば彼を訪ねてきた。また時々散文なり詩行なりを書いた。詩行についていては彼は進んでその写しを与え、それが無断で別の人に写されたのを見ても全く不満を抱かなかった。彼の好きな格言は「些事万歳（vive la bagatelle）」であった。些事については彼は人生で必要なものとして、自分自身にとっても必要だと思っていたかもしれない。怠惰であることは彼にとって無理なことだったが、長期間ずっと真剣に勤勉であったり、精力的に働くことは錯乱していた彼にとって困難であったし危険でもあった。安楽さを好むことが年と共に強くなり、彼独特なささやかな楽しみを欲しがるようになった。彼が何をするにしても、賞賛されることを期待したのだ。自分と接する者たちに優位に立っていたわけだから、彼らの賞賛も決してお世辞ではなかっただろう。追従を何度も受ける者は、自分で自分を追従する術を身につける。我々は恐怖や恥の感情を通して自分の義務を痛感するのが普通だが、賞賛しか耳にしない人間の場合一体恐怖や恥が何だというのか？

年齢を重ねるにつれ、彼の目眩の発作と難聴はもっと頻繁に見られるものとなり、難聴により会話を行うことも困難であった。そして更にひどくなっていき、一七三六年に『レギオン・クラブ』という詩を書いていたとき、激痛を伴う発作が襲いかかり、それがあまりに長く続くものだから、頭脳労働をそれ以降に行おうとしたことはなかった。

彼は金銭についてはは絶えず注意を払っていて、決して気前良く他人をもてなしたことはなかった。だがワインについては、食事ほどケチではなかった。男女問わず友人たちが夕食を期待して自分のところにやってくると、スウィフトは一シリングを各々に渡し、食事の方は自分たちで何とかしてくれとの態度を示した。やがて彼の貪欲さが嵩じて、親切さを示すことがなくなった。アイルランドではワインが飲めない所を訪れる人は誰もいないというのに、ワイン一本分出すことも拒み始めた。

このように会話もすることはなく、学に励むこともなくなったので、仕事にせよ楽しみせよ人付き合いがなくなった。更に、何か馬鹿げた決心なのか狂った誓いなのか、眼鏡を今後かけないものと決意した。そして晩年では本をまともに読み取ることができなくなった。それ故彼の思想は会話によって更新されたり読書によって増えることもなく、次第に摩耗していき、その空虚な精神はただイライラする時間ばかりに向けられ、やがて彼の怒りは狂気へと嵩じた。

だが何とか本を一冊出版することができた。以前の年に書いていた『丁寧な会話』であり、一七三八年に刊行された。『召使たちへの指示』は彼の死後間もなく刊行された。これらの二つの作品は彼の頭脳が絶え間の無い緊張にあることを示し、大きな物事に従事していないときは、些事な出来事に忙しなく取り組んでいたのである。どうも彼は観察したものは何でも「メモする」という習慣があったらしい。これら二作品において記述されている具体的事柄の数は、単なる記憶力だけによるはずがない。

年を重ねるにつれ、彼はますます暴力的になっていった。精神力の方も衰退していき、一七四一年には自分の身体と財産を守るための法的後見人を任命する必要が生じた。物事の識別能力をもはや喪失した。彼の狂気は激しい怒りと認知症の混合によって構成されていた。最終的に従兄弟のホワイトウェイ夫人の顔だけは識別できたが、それもしばらくすると分からなくなった。食事としての肉は彼が食べやすいように切られていたが、運んできた召使が眼前で立っている間は食べようとせず、おそらく一時間ほどそこに立っていなくなった後、スウィフトは歩きながら食べるのであった。若い頃からの歩く習慣は続けていて、彼は一日十時間歩いた。

一七四二年、左目に炎症が起きて卵ほどの大きさにまで膨れ上がった。また身体の他の部分も腫れ上がった。そのあまりの痛みに長い間寝ることができず、左目をもぎ取ろうとしたところを五人の付き添い人がなんとか引きとどめた。

腫れ物もなんとか引いて、しばらくの間は理性も戻り自分にかかりつけの医師や家族を識別することができるようになり、回復の希望が出てきた。だがそれから数日後、昏睡状態と言っていいくらいの痴呆状態になり、動くことも、注意を向けることも、しゃべることもできなかった。だが一年間全く口をきかなかったのに、彼の家政婦が十一月三十日に、あなたの誕生日のお祝いのために大かがり火やイルミネーションをいつものように用意していますよ、と言うとスウィフトは、馬鹿げたことだ、そのままにしておくんだな、と答えたとされている。

その後彼は時々何か話したり、何からかの意味を仄めかしたりしたらしいが、ついに完全な無言状態になり、それが一七四四年十月の終わりまで続いた。そして彼が七十八歳の時に、苦しまずに息を引き取った。

スウィフトを作家の観点から見ると、その影響力から彼の力量を評価するのが正しいやり方である。アン女王が治めていた時代では、彼は国民の潮流を反ホイッグへと向け、イギリス国家の政治的意見を支配していたことは認めなければならない。アン女王に続いてジョージ一世の時代になると、アイルランドを略奪と抑圧から救い、機智が真理を結べばイギリスの権勢も抵抗できないだけの力を持つことを見せつけたのだった。彼が自分について「アイルランドは自分の債務者だ」と述べたことは全く正しい。スウィフトがアイルランド人を庇護し始めた時期というのは、彼らが自国の富と繁栄を示せる時期と重なる。スウィフトは彼らにまず自分たちの損得、重要さ、そして彼らの強さを教示し、更にイギリスと自分たちが対等の存在であることを教えた。彼らはそれ以来逞しい前進をしていてついに作り上げたそれらの権利を確立したのだった。この恩人に対するアイルランド人の忘恩について責めるのは筋違いである。というのも彼らはスウィフトを自分たちの守護者と看做し、彼に専制君主として従ったのだから。
スウィフトの作品群において、彼は感性と表現双方において、非常に異なった例を見せた。『桶物語』は他の作品と比して似通っている部分は少ししかない。それは精神の熱意と迅速さ、イメージの豊かさ、言葉遣いの活発さを見せている。それは後の作品には見られず、表現しようという努力の痕跡もない。それはあまりに独特で奇抜な様式であり、独立したそれ自体として看做さなければならない。この作品に当てはまることは、彼の書いた他の作品には当てはまらないのだ。

他の作品では平易な言葉が基本的に染み渡っていて、流れるというよりも滴っているとした方が正しい。彼は簡潔に書くことに喜びを抱いた。彼の作品には比喩がないとされるが、それは正しくない。だが使われている少ない比喩も表現方法の一環として選択した結果というより、必要に迫られてと判断するべきであろう。彼は清らかさを書く際に励み、彼の文章の組み立てが全て正確なものではないにしても、文法的、表現的に間違っていたりすることはあまりない。それ故彼の著作家として権威ある存在だと看做している者は、基本的にその判断は正しいものとしていいだろう。彼の文章は過度に膨れたり縮んだりすることはない。読み手を当惑させるような複雑な節の使用や、内容の連関において一貫性の不足、内容の唐突な変化を見つけることは容易ではない。

彼の文体は彼の考えていることとうまく調和していて、微に入り細を穿った論述で内容が薄くなったり、やたらとケバケバしい着想によって飾られたり、大掛かりな文章によって高揚したり、学問の奥深くまで入り込んで複雑になったりすることは決してない。読み手の情念に追従することはないし、驚嘆や感嘆を引き起こそうともしない。自分が何を書こうとしているのかはっきりと理解しており、読み手の方も常に彼の書いていることを理解している。スウィフトの文を読む者はあらかじめ知っておかなければ知識はほとんどない。読者は日常的な言葉と日常的な事柄を知っているだけで事足りる。気分を高揚させたり、深奥に探究しなければいけないこともない。各文の内容の起伏は平坦であり、堅固な地面に足をつけており荒々しいところもなく、理解を妨げることもなく明晰なものである。この意味を確実に簡単に読み手に伝えることをスウィフトが目標としていたのであり、そしてその目標を実際に達成したことは賞賛に値する。とはいえそれは最上級の賞賛ではないだろう。この書き方はかつて知られていなかったことを何か知らせる場合のような単なる説教的なことを伝えることを目的としているのなら最良の手法であろうが、既知の真実が無視され顧みられないことに立ち向かっていくには役に立たない。スウィフトのやり方を教えはするが、説き伏せることはない。

彼の受けた政治的教育によってホイッグ党の原理に傾いていたが、ホイッグ党員たちがその原理を棄てた時、スウィフトはその党員たちを棄てたのであった。だが、かといって対局的な原理に向かうこともなかった。彼は生涯に亘り「国教徒」と看做された気質を保ち続けながら、国政としてはホイッグ党的な思考を続け、反面宗教においてはトーリー党的な思考をしていたのである。

彼は宗教的な熱意を理性的にコントロールした聖職者であった。裕福さを望み、牧師としての栄誉を維持した。非国教徒については寛容性を侵害することは望まなかったが、逆に彼らが侵犯してくることは拒んだ。

彼は主席司祭としての職務にとても神経を使った。教会の財源を極めて正確に運営した。そしてディレイニー博士が言うには、彼の管理の下で教会の修繕に回された費用は、その教会設立以来最大の額だったとされている。さらに聖歌隊についても大いに注意を向けた。スウィフトは音楽を愛することも理解したこともなかったが、歌い手たちが十二分な水準にあるように配慮し、音楽の熟練者たちによる保証がなければ絶対に聖歌隊に加えなかった。

さらにその教会では毎週の聖餐式の慣習を復活させ、その際自分の手で聖餐用の葡萄酒を最も厳かに最も敬虔な作法で配るのであった。毎朝教会に顔を出し、自分の番が来たらよく説教したものだし、いい加減なやり方で行われていないか確認するために夕べの讃美歌にも出席した。ディレイニー博士やオーラリー卿によれば彼は礼拝の時は、「優美というより強く緊張感を湛えていた声を出した。それは聞いていて心地よいものというより、鋭く威圧的なものだった」

スウィフトは説教で卓越したいという望みによって聖職者の身分となった。だが彼が政治的な話をするようになった時期に、パンフレットでしか説教できないと愚痴をこぼしている。彼のこの非難の言葉は、彼が実際にパンフレットで書いた説教を鑑みれば、不当なほどに厳しいものである。

スウィフトが実際は信仰心を持っていなかったという疑惑は、彼の偽善への恐れから由来することと大であろう。彼は実際よりよく見られるのではなく、逆に実際より悪く見られることを喜んだ。ロンドンでは教会で自分の姿を見られないようにと、早い時間の祈祷の時間に顔を出した。毎朝に召使いたちにも祈祷の文句を読み上げたがそれをあまりに巧妙に気づかれぬようにしたので、ディレイニー博士は彼と同じ家にいたにも拘らず半年経ってからようやく気づいたのであった。

自分が行った善行については注意深く隠しただけでなく、覚えのない悪行の疑いがかけられても進んでその嫌疑を受けた。彼は「偽善も明け透けな不信心より害がない」と以前自分で述べたことを忘れていた。ディレイニー博士は彼の名誉にたいして全力を以て擁護しているのだが、それでもこの点において正しくスウィフトのことを非難していると言えるだろう。スウィフトの外見についてはあまり誉められたものではなかった。どこかどんよりとした顔色をしていて、東洋人のような几帳面さを払って顔をよく洗ったが、それでも良くはならなかった。表情は苦虫を噛み潰したような厳しいもので、陽気さによって柔らかくなることは滅多になかった。笑いたいという気持ちは頑固なまでに抑えた。

必然的に召使たちにも厳しく当たった。そして厳格な気質を持っている上に、彼の作品から伝わってくる細かで神経質な注意を払うものだから、そんな主人に耐えられる召使はほとんどいなかったに違いない。重要な局面にはおいては召使を丁重に扱ったことはあるが、だからと言って少しもましになるものではない。慈悲を示すことは滅多になく、専制的な怒りっぽさはずっとあったのだから。他の人間に仕える召使に対しても容赦はしなかった。かつてオーラリー卿と二人っきりで夕食をとっていた事があったが、さっきまで給仕していた人間について、「さっきのあの男は我々が席についてから十五回もへまをした」と言った。私はオーラリー卿からこの話を聞いたが、彼によればそのへまに気づくことはなかったとのことである。十五回という私のこの数字は誤っているかもしれない。

家計に関しては奇妙で他人を害するほどの極度な倹約を発揮したが、それについて隠そうとする素振りも、言い訳めいたことをすることもなかった。倹約行為はかつては必要だったものだがやがて習慣化し、最初は滑稽染みていたがやがては嫌悪されることになった。だが喜びは排除されてはいるかもしれないが、彼の貪欲さは彼の美徳をも毀損してしまうものではなかった。傾向としては倹約家だったが、主義としては物惜しみしなかった。彼のささやかな貯金がどのような用途として蓄えられ、さらにそれが慈善として定期的に出品することを頭に入れておけば、彼が単にある出費の目的を別の目的より好んだだけであり、なんらかの出費のために節約したのだということが分かってくるかもしれない。聖職者の後継者たちを害することによって裕福になったのではなく、ララカーの教会も主席司祭も彼が着任した時よりも価値あるものとして残してその身分から退いた。

スウィフトの金銭面における貪欲さと気前よさについては色々と言われてきたが、彼が裕福であったことは一度もないことは述べておかなければならない。主席司祭としての年収は年七百ポンドをあまり超えない程度だった。

彼が慈善行為を営む時、それには愛情や礼儀といったものはなく冷淡なものだった。憐憫を示すことなく他人に施し、親切心を見せることなく助け、彼により恩を受けた者もとても彼を愛そうとはできなかった。

一回慈善を行う場合は金貨一枚までと自分でルールを課しており、ポケットには様々な金銭単位の硬貨がいつも入っていた。

彼は何をするにしても、彼独特なやり方で進めることを好んでいたかのようだった。だが世間一般の慣習を見下すことを意図しているからその独特性についてはあまり自分で考慮することはなく、嘲笑が伴った嫌悪を喚起させる一種の挑発的な営みだったと言えよう。それでそのような慣習から逸脱した独特なやり方をしておきながら他者よりも劣った成果しか出さなかったのなら、それこそ馬鹿扱いされるのだから。

彼の気質については、ポープの語る話が一つの見本を示してくれるだろう。

スウィフト博士は奇妙でぶっきらぼうな所があるが、彼を知らない人がその性格に接すれば意地の悪いものと勘違いするだろう。あまりに彼の性格は奇妙で、実際に事実を記して説明する他ない。ある晩、ゲイ氏と私は彼の所に行った。知っての通り、私たちはとても仲が良かった。私たちが家に踏み入れると、スウィフト博士は言う。

「おやおや、紳士諸君、なんだって私の所を訪ねてきたんだい?あんなに好きだったお偉いさんたちから離れて、この貧しい主席司祭の所にやってくるなんてどういうご了見だい？」

「いや、彼らより君に会いたいから」

「ふーん、君たちのことを私ほどは知らない人ならその言葉も信じるかもね。でもせっかく来てくれたんだから、夕食を用意しないといけないね、だよね」

「いいえ、博士、もう夕食は食べてきましたよ」

「もう食べたって?そんなことが!まだ八時にもなってないじゃないか。実におかしいことだな。だがまだ食べてきてなかったと言うのなら、何か用意しないといけなかったということだな。それでそういう場合だったなら、何を用意しておけば良かったんだ?ロブスター二、三匹かな。まあそれで随分と節約できただろうな。二シリング、それにパイで一シリングか。でもワインは一緒に飲むんだろう、私の小銭を浮かすためにいつもよりずっと早く夕食をとったけれどね?」

「いや、一緒に飲みたいというより一緒に話したいのですよ」

「だが私と食事をしたなら、本来はそうしない理由がないのだがね、一緒に飲みもしただろうね。ワイン一本分が二シリング、そしてそれが二人分で四シリング、更に一加えると五だな。一人あたり二シリング六ペンスだな。それでポープ君、君にこの半クラウンを、そしてゲイ君。君にも半クラウンだな。君たちと一緒の場合は別に『ケチらない』と決めたんだよ」

こう言って、このような状況においていつものように言葉とおりに実際に行われた。そして私たちは彼の言い分に言葉の限りを尽くして反対したのだが、私たちのお金を受け取るように強制したのである。

もっと私的な関係においては、彼の気質が不機嫌や皮肉な態度を取るようにさせたが、放埒なからかいや、自由気ままな相手への非難、あるいは発作的な不機嫌さを、相手が怒りそれを黙らせようとすると、自分が攻撃されたものだと看做した。彼は交際相手に対して圧倒するくらいに優位に立っていたが、おそらく自分が優位に立てない人間と一緒にいることは我慢がならなかっただろう。彼に対して忠告を与えることは、彼の友人ディレイニー博士の言葉を借りれば、勇気を以て彼に話しかける冒険的な試みであった。この習慣化されて行った優越感は、あまりに心地よいもので真実を見出すことができなくなった。そしてスウィフトは元々は真実を見抜く洞察力があったにも拘らず、低俗的な追従に喜んでも何とも思わなくなった。

日常的な生活においても、彼は習慣的に傲慢な態度を取るようになり、相手を説得するというより命令する喋り方をした。この権威的で厳しい喋り方を、相手には自分の奇抜な滑稽さとして受け取ってくれるものと期待した。だがどうやら自分の傲慢さを見せかけ上の横柄さによって慰めたらしく、彼に反感を買う人たちには皮肉として映り、従順な者にはとても真剣なものとして映った。

非常に巧みな話し方で彼は話し、自分が得意だと自覚している話をすることを喜んだ。それ故自分の話に敬意を払って口を開かず、しっかりと耳を傾けている者がいたら悦に入り、同じ内容の話を何回も繰り返した。だが自分一人だけの話す権利を主張しているわけではなかった。彼は一分間話したら他の人にも話せるように一旦喋るのをやめると決めていたのであった。時間については、どのような場合であれ彼は極めて正確であり、日常的な行動は、どんなものでもそれに要する時間を分刻みで把握していた。

彼が会話する際、偉い人物たちとも親しい関係にあることを装い、慣習によって築かれた異なる社会階級もの同士にある障壁としての儀礼を無視しその場では自分と相手は対等な関係にあることを見出そうとしていたという姿勢が、彼の書簡からそこかしこに読み取れる。この社会的規範からの逸脱は、彼自身並びに彼の賞賛者から魂の偉大さの顕れと看做された。だが偉大な精神というのは儀礼じみたもので何かを手にすることを軽蔑するから、法的に認められた権利を主張する人間が獲得できるものは強奪しようとはしない。だが他人の威厳を侵犯しようとする者は、他人の支配下に自らを置くことであり、どうにもならぬほどの侮辱を受けて追い払われるか、容赦と譲歩によって我慢されるかのどちらかである。

スウィフトの平素における考え方を、彼の書簡からその証として読み取るのならば、彼は愛される人間でも羨望される人間でもなかった。彼は無視されると感じて自尊心を激しく怒らせ、欲求が満たされものと己を磨耗させ、不満気に日常を送りながら人生を浪費していったように思える。攻撃的な喋り方をし、気難しく、傲慢で不満があった。彼は自分自身を語る際には悲嘆を伴う怒りを示さないことはなく、他人について語るときは上機嫌な時には横柄な優越感を示したし、不機嫌なときは怒りの伴った軽蔑の様子を見せた。彼とポープとの間に交わされた手紙では、二人はアーバスノットとゲイと一緒に、自分達は人類のあらゆる知性と徳を有していて、自分たちの美点によって世界が満たされることを願っていて、自分達以上の美点で満たされることはあり得ないと考えていることが窺える。彼らは時代が闇に包まれていることを絵で示し、その絵を陰鬱な影をつけている。

アン女王の逝去によってアイルランドへと追放されたとき、自分の展望が妨害され、希望が消滅され、華やかな光景や重要な職務や楽しい友人関係から遠ざけられたことを嘆いたとしても、それは許されることであろう。だがそういう悩みも不満も時の経過とともに分別がまた支配してくるようになると、最初は当然だと思っていた悩みも、次第に無益ゆえに滑稽なものと映るようになる。だが彼の不満気な態度は今や日常的なものとなり、おそらく考える事がないと泣き叫んだのである。彼はアイルランドで何度も嘆き悲しむものだから、ボーリングブローク卿は、スウィフトは主席司祭を辞めて本気でイギリスの教区牧師になろうとしていたのだと考えた。そして実際にそのように持ちかけたのだが、スウィフトはそれを跳ね除け不平不満を漏らす楽しみを相変わらず続けたのであった。

彼の性格を分析するにおいて生じる大きな困難は、他の人間ならほとんどの場合嫌悪感によって身を退くのを、一体どういった知性の堕落によって彼はそのような考えに思考を巡らせていたのか、という点にある。そういう考え方に喜びを抱くには、譬えそれが言語道断なものであったとしても、想像力が要求される。だが病や奇形や汚物が一体どのような喜びを引き出すというのだろうか?ディレイニー博士はスウィフトの精神はポープの家に長期間訪問するまではこのような粗野な堕落にそれほど陥っていなかったものと考えている。彼はスウィフトが五十九歳になった時に邪悪、卑劣、堕落の申し子になり、優勢な精神の有害な影響を被りやすくなったことがどれほど品位を損ねたかを考慮していない。だが実際のところは、ガリヴァー船長がヤフーを描写することができるようになったのはポープ家へと訪問する前の段階であり、すでにヤフーのイメージを頭にくっきりと思い浮かべていた彼はそれ以降に何か穢らわしいものを学ぶ必要はなかったのである。

私は今まで、スウィフトの特徴を私が感じるままに述べてきたのだが、ここではより詳しい人物像を知っている人物の声を聞いてみたい。ディレイニー博士はスウィフトとの長い交際の後、次のような描写でオーラリー卿に伝えている。

閣下、スウィフトの独特で奇妙で変化に富んだ機智は、(常に正しい方向にではなかったにしろ)正しい意図によって向けられていて、多くの場合は喜ばしいものであったし、最も有害なものであったとしてもそれは健全なものでありました。閣下が彼の真実への厳格な探究心、抑圧と専制権力への剛毅なる反抗心、さらに友情における誠実さ、信仰への誠実な愛と熱意、正しい決断を行うための高潔性、そしてそれらから逸脱せぬ堅固さをご考慮なさってくだされば。そして彼の教会、その聖歌隊、その金銭管理と収入への配慮をご考慮なさってくだされば。大聖堂で彼が説教した時の聴衆全体への注意、彼らの発音と言い回しを訂正した努力、そして自身の後継者の利害関係への深い配慮をして自分自身の利益は後回しにしたことをご考慮なさってくだされば。彼が愛していない国にすら向けた克服し難い愛国心、生涯にわたって行った非常に多様で工夫が丁寧に施され、念入りに判断した上での広範囲に及ぶ慈善活動、遺言においてキリスト教徒的な目的と同様にして譲渡された(いうまでもなく妻ステラのものも含まれております)その全財産、この世においていかなる名誉も利益も満足も彼に与えなかった慈善活動を閣下がご考慮なさってくださるならば。また、真実の信仰と徳を促進するための真剣なものだけでなく皮肉でユーモアもある企図も閣下がご考慮下さるならば、初穂税と二十分の一税撤廃請願が成功して、アイルランド国教会にはとても言葉では表すことのできぬくらいの利益をもたらし、さらにロンドンに五十の新しい教会を建てるきっかけを作り最高の評価が与えられるべき創意に富んだ提案を閣下がご考慮してくださるならば。つまり今まで申し上げた点を全て閣下がご考慮下さるならば、スウィフトの生涯において見られる特徴は彼の書物の特徴と類似していることがお分かりになるでしょう。両方とも極めて入念に再度考慮し再検討されましても、常に新たな美点と卓越した点が検討される毎に見出されることでしょう。

それらは太陽と看做すこともできましょう。というのもその燦然とした輝きが傷を覆い隠すのですから。そして煩わしい無知、傲慢、悪意、あるいは嫉妬が彼の名声を曇らせたり鈍らせたりするようなことがある場合は、私が日食は決して長くは続かないと宣言する役目を引き受けましょう。

結論として申し上げますが、スウィフトほど祖国に対して貢献した人物は、いかなる国にもおりません。確固として、忍耐強く、揺るがぬ精神を有した友。幾多もの厳しい試練と辛酸をもたらす迫害の下で、自身の自由と運命の双方を危険に晒してまでも賢明で、注意深く、誠実な助言者であり続けたのです。

彼は祝福された存在として生き、人々への祝福をもたらす存在として死去したのです。そして彼の名前はアイルランドの栄誉ある名前として永久に生き続けることでしょう。

スウィフト博士の詩作においては、批評家が己の力量を発揮できる要素はあまりない。それらの作品はしばしばユーモアがあり、ほとんど常に軽快であり、詩作において推奨される要素、気楽さと陽気さが十分に見受けられる。そしてそれらは作者の意図した通りのものが大部分である。表現方法は的確で、韻律は円滑、そして押韻も正鵠を得ている。表現するのに苦労した痕跡が見受けられる箇所も、あるいは過剰な形容語句も滅多にみられない。彼の詩行は全て自身が定義しているよき様式を例証しており、適切な箇所に適切な単語が配置されている。

スウィフトの詩作を分類して、ある詩は粗悪、ある詩は取るに足らないとしたところで、それは読者がすでに知っていることをもう一度伝えるだけであり、また、自身の判断ではなく気分に基づいて書いたという作者が気づいていないはずがない欠点を見出すだけであろう。

『スウィフト作品集』のアイルランド版のうちの一つに挿入されている序文には、スウィフトが古代にしろ現代にしろ、いかなる作家からも全く考え方を借用してきていないという旨が述べられている。これを文字通りに受け取るならば正しくはない。だがこれほど借用してきた数の少ない作家はおそらくいないだろうし、彼の卓越した点と欠点双方全てにおいて、これほど独創的なものだと看做せる作家もまたいないだろう。

トマス・グレイ
Thomas Gray

トマス・グレイはロンドンの代書人であったフィリップ・グレイの息子として、一七一六年一一月二六日にコーンヒルに生を受けた。イートン校[44]で彼は文法教育を最初は母の兄弟で当時ジョージ博士の助手だったアントロバス氏から学んだ。一七三四年に学校を卒業すると、ケンブリッジ大学のピーターハウスの寄宿生として入学した。

学校から大学へと進学すると、殆どの若い学生にとっては成人と自由と幸福を存分に味わうことになる。だがグレイは大学生活においては殆ど楽しいと思わなかったようである。ケンブリッジでの生活も勉強方法も気に入ることはなく、陰気に生活をしていたらやがて学業の終了時期を迎えることになった。法曹を志望していたので、学位を取ることはなかった。

ケンブリッジに移って五年間ほど経過した後、イートン校時代の友人で当時の首相の息子ホレス・ウォルポールが彼を旅行の同伴者として誘った。そして一緒にフランスからイタリアへと周遊し、グレイは旅した箇所の大部分を大いに楽しんでいたことが彼の手紙から窺える。だが対等ではない友情はあっさりと断ち切られるものだ。フィレンツェで彼らは喧嘩をして、別れることとなった。今ではウォルポール氏はあの時は自分の方が悪かったことを認めている。だが自分が優れていると自負していて他人に追従することが我慢ならない人間なら、自分より優れた人物と一緒にいれば自身の自尊心に有害で強い嫉妬の念が萌すようになり、その嫉妬の念を帳消しにするようなものを相手に熱心に見出そうとするが、結局その欲求は叶えられないというのが世の常であることは、偏見や先入観を持たない人なら気づくことだろう。喧嘩した原因が何であれ、彼らは離れ離れになり、残りの旅路は両者にとって不愉快なものであったことは間違いあるまい。グレイは自分の少ない所持金に応じた態度で旅を続け、従僕も必要な時だけ雇った。

イギリスには一七四一年の九月に戻り、その二ヶ月後に父を埋葬することになった。彼の父は新たな家に不合理極まりないくらいの金を蕩尽し、その分だけ息子の財産が少なくなり、ロンドンでは法学の勉強をこれ以上金銭的に続けられないと考えたほどである。それ故彼はケンブリッジへと戻り、そこで法学の学士号をやがてとった。その後、ロンドンでのわずかな期間の滞在を除けば、残りの生涯ずっとケンブリッジにいたのだが、その場所や住んでいる人々のことを好きになることはなかったし、そう装うことすらなかった。

その頃、アイルランドの大法官の息子でとても高い価値を見出していたと思われる彼の友人、ウェスト氏が亡くなった。ウェスト氏の書簡集やメイソン氏が保持していた『五月頌歌』での出来栄え、さらにその誠実さを見ればグレイがそういう価値を見出すのも尤もなことと言えよう。例えば、グレイが書き始めた悲劇『アグリピナ』の一部を彼に送った時、ウェスト氏は彼の作品の進捗を妨げるような意見を言ったが、その意見判断を読者諸君が知ったなら皆同感す

44　Eton College: 十五世紀に創立されたイギリスの男子全寮制学校。私立の学校であり、十三歳から十八歳までが在籍している。

るだろう。つまり、その『アグリピナ』が完成されなかったことは、イギリスの演劇界において何ら損失はなかったのである。

同じ一七四二年において、グレイは初めて詩の創作に真剣に取り組んだようである。この年に彼は『春の歌』、『イートン学寮遠望の歌』、『逆境への頌歌』を書き上げたからだ。同時にラテン語の詩『思考の原理について』も書き始めた。

メイソン氏の言及を汲み取ってみれば、グレイはまずラテン語の詩作において卓越したいという野心を抱いていたようである。彼がその企図をもっと推し進めていけばよかったと思うところが実際にある。なぜなら彼の詩の言い回しにはどこかぎこちないところや、そして荒削りなところがあるが、彼の豊富な語彙力と肩を並べられる者は相当少ない。そして彼の詩行についても、彼が実践経験を積んでいけばすぐに熟達することが譬え不完全な詩を読んですらも窺えるのである。

彼は今ではピーターハウスに住むようになり、他人が行ったことや考えていたことには殆ど関心を払わず、自分を向上させ楽しむことに専念して己の知性を向上させ視野を広げた。メイソン氏がペンブルック・カレッジの特別研究員として選任された時、グレイは彼と友好関係を築くようになり、後にメイソン氏は彼の作品の編集者にもなった。彼が示す好意や誠実さにグレイは感嘆の念を強く抱き、それは余所者への無関心さや批評家の冷淡さとはとても思えないものだった。

グレイの隠遁生活において彼は『愛猫の死を弔う頌歌』を書き上げた（一七四七）。翌年には更に重要な詩、『政府と教育』を書き始めた。未完成に終わったが、現存している断片には優れた詩行が多数残されている。

彼の次なる創作（一七五〇）は最もよく知られた『田舎の墓地の哀歌』であり、雑誌に載せられたことから彼が公に名前が有名になったものと私は考えている。

その頃、コブハム婦人から誘いを受けて『長い物語』という奇妙な作品を創作した。だがグレイの新たな側面が見られることは殆どない。

その後幾つかの作品がベントリー氏の書いた挿絵と共に出版される（一七五三）。何とかして本という形式で出したかったので、片面だけ印刷されていた。詩と挿絵との組み合わせがとてもよかったのだろう、その本はすぐに売り切れた。また、この年彼は母を亡くしている。

その後しばらくして（一七五六）、グレイの住んでいた部屋の近くに住んでいた若い学生たちが何人かが何度も気晴らしの大騒ぎをしてはグレイの邪魔をし、それどころか更に調子に乗ってグレイに害を与えたり侮辱した。この傲慢さにしばらく耐えたが、ついには大学の責任者のところへと訴えに出たが、彼には聞き入れてくれるだけの友好関係を持った人物はいなかった。それで自分の不平がちっとも顧みられないことを見て、ペンブルック・ホールへと移った。

一七五七年には『詩の進歩』と『詩人』の二つを出版した。これらを初めて読んだ読者たちは驚きのあまり思わず息をのみ、ただ作品を眺めるばかりだった。読んでみたが理解できなかったと白状する者もいた。ウォーブルトン氏は、グレイの作品はジョン・ミルトンやウィリアム・シェイクスピアの作品と同程度に理解されていたのであり、つまりそれらの作品を読んでは感嘆するのが流行りの手法であったからだ、と述べた。グレイの友人ギャリックはそれの作品についての賞賛を少ない行で書いた。グレイへの堅固な擁護者たちはそれらの作品が忘却されることを妨げ、間もなく自分達だけでは理解できなかったその作品の美点を彼らの努力で理解できるようになった。

今やグレイの名声は高まり、シバーの死後、桂冠詩人を辞退するという栄誉まで浴するようになり、そのため桂冠はホワイトヘッド氏に授与されることとなった。

それから程なくして、好奇心によってケンブリッジから離れ大英博物館の近くに引っ越して、そこで読書や転写に勤しみながら三年近く住んだのである。そして分かっている限りでは、グレイの詩作の出来栄えに対する多大な軽蔑を多大な創才によって表した二つの頌歌『忘却』と『無名』に動じることは殆どなかった。

ケンブリッジ近代史の教授が死去した際、空いた職に彼の言葉を借りれば「勇気を振り絞って」ビュート伯に自分を就けてくれるよう頼み込んだのだが、それは丁重に断られ、サー・ジェームズ・ラウザーの教師ブロケット氏に与えられたとされている。

彼は華奢な体格をしていて、運動と拠点を変えることは健康を促進させるものと考えていて、スコットランドへの旅行に出た（一七六五）。その記録は、書かれている範囲内では、とても興味深く優美なものである。グレイの理解力は広範囲に及ぶほどに豊かであり、彼の好奇心はあらゆる類の芸術作品、あらゆる自然現象、過去の事件から残るあらゆる遺跡や記念碑にまで及ぶからである。彼はビーティ博士と自然に友情関係を結び、その人が詩人であり、哲学者であり、善人であることも見出したのだった。グレイはアベルディーンにあるマーシャル・カレッジから法学の博士号が授与されようとしていたが、ケンブリッジではその学位を受け取るための努力を怠ったのだから、それは辞退するのが礼儀と思い受け取らなかった。

彼が以前懇願したが叶えられなかったものが、ついに懇願せずとも与えられるようになった。歴史学の教授職の籍が再度空き、グラフトン公爵（一七六八）からのその籍の申し出を受け取ったのだ（一七六八）。グレイはそれを受け入れ、死ぬまでその地位に就いた。講義の内容についていつも考えていたが、実際に講義することはなかった。義務の仕事を怠っていると気持ちが落ち着かなかったが、いつでも自分は心を改めることができるし、義務をしっかりと成就できない場合いつでもその職を辞めるつもりでいると強く思い込み、その落ち着かない気持ちを宥めるのであった。

健康が優れないため、さらに別の旅行が必要になった。そしてウェストムアランドとカンバーランドへと足を運んだ（一七六九）。その際の書簡内容について、それを読む読者はやむを得ずに旅したのではなく、しっかりとした目的があって旅行内容が書かれたらいいのに、と思うことだろう。だが旅において知見を深め己を向上させるためには、家でしっかりと学びを行っておく必要がある。彼の旅行と学びは今や終わりへと近づいていた。痛風による弱いが多数の痛みに彼は耐えてきたが、それが腹部にまで及ぶようになり、薬の効き目も虚しく強い痙攣を引き起こし、最終的に彼は死去した（一七七一年七月三十日）。

グレイの性格についてはメイソン氏のやり方に従い、コーンウォールの聖グルヴィアス教会司祭テンプルが私の友人ジェイムズ・ボズウェルに書いた手紙から読み取りたいと思う。私はそれがグレイの健康を最も強く願う人の想いと同じくらいに真実なものと信じている。

おそらくグレイはヨーロッパにおいて最も学識ある人間だっただろう。彼は学問についてその気品と深遠な要素の双方について等しく理解が及んでいて、決して表面的な理解ではなく真髄にまで至る理解であったのだ。彼は自然史と世界史、両方の歴史のあらゆる分野について知っていた。イギリス、フランス、イタリアの独創的な歴史家たちの書物は全て読み、旺盛な古物蒐集家でもあった。彼の学問研究の及ぶ領域は、批評、形而上学、倫理学、政治学が専らであった。あらゆる類の航海や旅行が彼の好んだ娯楽だった。そして絵画や版画、建築、園芸において繊細な嗜好を有していた。これほどまでの知識量を持っているのだから、彼と会話を交わすことは学びがあると同時に楽しみもあったに違いない。その上彼は善良な人であり、道徳と人間性を備えていた。とはいえ、不完全さが全くない人柄はあり得ないものだ。グレイの一番大きな短所は自分の繊細性、いやむしろ柔弱性を気取った点にあり、さらに潔癖すぎて、自分より学術能力が劣った者に対して軽蔑心を抱いていたことである。ヴォルテールがコングリーヴ氏を嫌っていた弱さについても、グレイはある程度持っていた。教養知識に基づいてグレイは他人を専ら判断したにも拘らず、彼自身は単なる文人と看做されることに耐えられなかった。自分には身分も財産も地位もないのに、楽しみのために本を読む有閑階級の紳士と看做されたいと願っていた。それほどまでの多大な知識があるというのに、少ししか生み出せないのなら一体何になるというのか、たかだか少しばかりの詩を残すためだけにそこまでの労力を払う価値はあるのか、という疑問が浮かぶかもしれない。だがグレイ氏にとっては、他人から見れば無邪気なものと思われても、彼自身にとっては間違いなく有益なものだったと看做すべきだろう。彼は毎日の時間を快適に過ごし、毎日学問の何かしら新たなものを獲得していった。そういった生活を通じて彼の精神は開け、心は柔和になり、道徳性も強まった。世界も人類も彼の前では仮面が剥がれたありのままの姿が提示されたのだ。そして神が私たちを配置なさった境遇において、賢い人間にとっては知識と徳の実践以外の点では全てが些事であり、注意を向ける価値がないものと看做していたのである。

メイソン氏はこれらに加えて、グレイの動物学への造詣の深さについてさらに具体的な説明を加えている。メイソン氏が言うには、グレイは自分が気に入らないと思っていた人々の前で自分の軟弱さを最も誇示したのである。グレイは善良だと信じた人間以外には敬意を払わなかったので、相手への好みを相手の知識によってのみで変動させているという不当な非難を受けている。

この文章を書くにあたって私が彼の書簡を一瞥してみると、グレイの精神は広範囲に及ぶほどの把握力を持っていて、好奇心には限度がなく、判断力は洗練されている、そして一旦愛すると決めたらどこまでも愛するが、潔癖症で気難しい人物であるということが伝わってきた。だが懐疑主義や不誠実に対して頻繁に軽蔑の念を示したとされ、おそらく間違ってはいないだろう。シャフツベリーに対する彼の短い評論をここに挿入したい。

一体どうしてシャフツベリー卿が哲学者として一躍世の寵児になったのかをあなたは理解できないと仰る。ならお教えしましょう。まず彼は貴族だったから。第二に彼は読者同様に自惚れていたから。第三に、大衆たちは自分たちが理解できないものを信じたがるものだから。第四に、大衆たちは義務さえなければ、何だって信じるから。第五に大衆たちは新たな道程を辿りたがるものだが、譬えその道程の先に何にもなかったとしてもそれは変わらないから。第六に彼は大した作家だと看做されていて、実際に言っていること以上にもっと深いことを言っているように思えたから。他にも何か理由が思いつきますかね?あれから四十年以上経過した今、随分と彼の魅力が消滅してしまいました。死んだ貴族は一般平民と同等に過ぎず、人々の虚栄心はもう彼にまつわることには何ら関心がありません。新しい道はもはや古い道になってしまったのです。

さらにメイソン氏がつけ加えるには、彼自身が知っているところによればグレイは貧しくはあったが、金にそこまで貪欲というのではなかった。彼が持っていた少ない金から、金に困っていた人たちに喜んで恵んだりしたとのことであった。

書き手としての彼は、最初大まかに書いてその後部分部分を修正していくというのではなく、創作している最中に脳裏に浮かんできたものをその場で書いて仕上げていくという変わった手法をとった。他方で特定の時間や楽しい瞬間以外では書くことができないという比較的平素な考え方も持っていた。随分と洒落た考え方で、教養と徳の持ち主を好む私としては、もっと優れた考え方を持っていてくれたらと思う。

それで、本題としてグレイの詩について考察したい。そして私が彼の詩作より彼の人生の方が面白いものと看做しても、彼の名前を攻撃する敵だとは思っていただきたくない。『春に寄せる頌歌』には言語にしろ考え方にしろ、何か詩的なところがある。だが言語の面では過剰に装飾されており、考え方も何か普通の域を出ない。名詞に過去分詞の語尾をつけて形容詞として用いるという習慣が近年できた、例えば「耕された平野」や「雛菊いっぱいの河岸」という具合に。だが、グレイのような優れた学者の詩行に「蜜だらけの春」という言い回しを見たのは実に残念だ。寓意は自然ではあるが、あまりに陳腐である。締めも気障ったらしい。
『愛猫の死を弔う頌歌』は作者自身が瑣末な作品だと看做していたことは明らかだが、かといって楽しい小品というわけでもない。第一節でのそよぐ碧色の花という句は、そうそう思い浮かばない韻が確固として用いられている。猫のセリマは乙女（ニンフ）と呼ばれていて、それは言語と意味に対するある種の冒涜である。とはいえそれには有益な点もある。というのも次の二行

What female heart can gold despise?
What cat's averse to fish?

黄金を嫌う女の心なんてあるのか？
魚を嫌う猫はいるのか？

一行目はただ乙女（ニンフ）にのみ言及しているのであり、二行目は猫のみに言及しているのである。第六の節には憂鬱な真実が含まれており、主人のお気に入りには友人がいない、というものである。だが最後は作品の意図するものとは何の関連性もない辛辣な文にて締め括られる。つまり、もし輝いていたのが黄金であったなら、猫は水の中へと潜らなかったであろう、猫が潜ったなら、溺れることとなったであろう。

『イートン学寮遠望の歌』については、読み手が皆同じように考えたり感じたりすることがグレイの頭に思い浮かばなかったことが窺える。彼はテムズ川に、誰がフープやボールを投げたりするのかを請うように尋ねるのだが、実に無益で子供じみたものだ。父なるテムズ川がグレイ自身以上に知っているはずがない。「肉付きの良い健康【buxom health】」というのは上品な表現とは言えない。どうも彼はその言葉の意味を理解していなかったようだ。グレイは言語の通常の使い方から離れれば離れるほど、自分の言葉遣いはより詩的になると考えていた。ジョン・ドライデンの『ピタゴラス哲学について』に「春を偲ばせる蜜の香り【honey redolent of Spring】」という英語の限界点にまで達したこの表現を見つけたグレイは、一般読者の理解力の限界を少しばかりさらに超えるように、「喜びと若さを偲ばせる強風の香り【gales to be redolent of joy and youth】」という表現を使った。

『逆境を讃えて』においては、ホラティウスの頌歌『美しきアンティウムを支配する女神よ

【O Diva, gratum quæ regis Antium】』からその着想を得た。だがグレイは多様な感情を用い道徳性も持ち込むことにより着想のもととなった作品を凌駕するに至った。この詩的であると同時に合理的でもある作品については、取るに足らない批判でその威厳を毀損しようとは思わない。

さて今度は『不思議の中の不思議な不思議』という二つの姉妹関係にある頌歌について語りたい。これらは出た当初は読者の卑俗な無知や常識によって受け入れられなかったが、その後多数の人々によって読んでいて楽しい作品だと思われるようになった。私もまたこの作品を好む者であり、『詩の進歩』第一連の部分の意味について喜んで探っていきたい。

グレイは恍惚とした気分にあるあまり、音の反響と水の流れの各々のイメージをごっちゃにしてしまったようだ。音の流れについてはまだ許容範囲内であろう。だがその音楽が、譬えどれほど滑らかで強かろうと、緑の谷を辿った後に岩や項垂れている木立がその轟に反響するくらいに険しい坂をまっすぐに落ちていくことは一体どこで起こり得るのか。もしこれが音楽について言っているのなら、論外である。もしこれが水について言っているのなら、意図に適っていない。

戦の神であるマルスの車やヨブの鷲を描写している第二連については、詳細に入るだけの価値はない。批評というのは児童にわざわざ平俗的な説明を行ったりしないものだ。

第三連についても同様に、わざわざ神話から内容をひっぱり出してきているが、現実世界の方がもっと簡単になぞらえることができると批判できるかもしれない。イタリアのベルベットの緑原については、何かしの特殊な言い回しかもしれない。自然から着想を得た表現や比喩は芸術を高尚なものとするが、芸術から着想を得た表現や比喩は自然の品位を汚すものである。グレイはあまりに恣意的に複合された言語表現を使いすぎる。「多数煌めく【Many-twinkling】」という表現は以前類推できないものとして非難された。「多数見つけた【many-spotted】」という表現は許されるかもしれないが、「多数見つけている【many-spotting】」という表現はとてもそうではない。とはいえこの連については、やはり読んでいて楽しい部分もある。

第二部第一連は何かを伝えようとしているが、ヒューペリオンを登場させなかったら実際に伝えることができたかもしれない。第二連は詩の世界への遍く流布について十分に描写しているが、どうもその結論を前提部分から導いたのはかなり強引と思われる。北の洞窟とチリの平原は栄光と寛大な恥が住まうところではない。だが詩と道徳を常に一緒に営むというのはとても喜ばしい考え方であり、それが真実のものと強く描くことも許そうという気になる。

第三連はデルフィ、エーゲ海、イーリッソス川、メアンデル川、神聖化された泉や荘厳な調べという表現により壮大な響きを持っている。だがグレイの頌歌全般に言えることだが、彼の作品にはうざったらしくてない方がいいと思うような壮麗な表現がある。そして最後には彼の誤りが明らかになる。彼が私たちの詩の元祖として仰ぐダンテやペトラルカの時代は、イタリアは専制的な権力や臆病な悪徳が蔓延っていた。イタリア芸術から最初借用した時の我々の最初の状況も決してそれよりもそれほどましではなかった。

第三部の第一連ではシェイクスピアの生誕を神話的に描いている。この偉大な天才について書かれていることは正しい。だがその詩に適っている表現かは別問題である。つまり機械的に用いられた壮麗な表現によって、この詩の発揮すべき真の効果が追い出されているからだ。精神を満たすのに十分なだけの真実があるのなら、空想的な言い回しは単なる無用よりもひどい。贋作は真作を汚す。

ミルトンの盲目についての彼の説明は、ミルトンの詩作研究によって生じたとするならもちろん許されるものだが、詩的にも正しく良い想像力である。だがドライデンの二頭のコーサー（中世の間に軍馬として頻繁に使用される、速くて強い馬）に曳かれた馬車については、格別なところは何もない。その馬車は別にどんな人を乗り手としても何ら問題ない。

『詩人』は初めて読んだ時、イタリアの大学者アルガロッティや他の人たちが述べたように、海の神ネレウスの予言を模倣したようである。アルガロッティはグレイのこの作品がその原典を凌駕していると考えている。その判断が、二つの詩でのイメージと力強さにのみ基づいているのなら彼の判断は正しい。力強さ、思索、多様性という点では『詩人』の方が勝っているのである。だが模造は創作に劣るものであり、この模作は不幸にも誤った時期に創作された。ホラティウスの創作はローマ人によって信じられるものであっただろう。だが我々の時代に同じような作品を復興させるのは、嫌悪を催すようなあからさまでどうしようもない嘘くさい話として見られる。「私は信じないし、それゆえに嫌悪する」（ホラティウス『詩論』）

単一的な出来事を選択し、架空的な恐ろしいものや予言を付随させ巨大なものへと膨らませていくのは大して難しいことではない。というのも現実的なものを省みない者は常に非現実的な驚異的なものを簡単に見出す者だからだ。とはいえそれが有益であるケースは少ない。我々は信じるものに影響されるのであり、模範とすべき、あるいはすべきでないものを見出すことによって自分たちは進歩していくからである。『詩人』が何らかの真実を促進させるものとは私には思えないし、道徳や政治の面についても同様である。その作品での連はあまりにも長すぎるのであり、最終連において特に顕著である。聞き手が作品の韻律に慣れぬうちに、つまり押韻や反復に楽しみを感じる前の段階で頌歌は終わってしまう。

最初の連の唐突な始まりは今まで褒めそやされてきたが、技術的な面での美点は一番初めの創作者のみに賞賛が与えられるべきである。『ジョニー・アームストロング』のバラードを読んだことのある人なら、主題へと突然突き進んでいくことは誰にでもできることである。

Is there ever a man in all Scotland
スコットランドには人間というものは存在するのか

壊滅、無慈悲な、兜や鎖帷子といった、最初部分における類語や頭韻法は、荘厳さを目指す詩として必要な偉大さの水準を満たしていない。

第二連では吟遊詩人が巧みに描写されている。だが第三連は神話の古臭い児戯めいた活用が用いられている。カドウォロが嵐の吹き荒ぶ大海原を鎮めたり、モドレッドが大プリンリムモンの雲を被った頭を垂れされたと言われると、譬えそれを聞いたのが初めてだとしても嘲笑のあまり物語の反復に興が削がれるからだ。

鎖帷子を織るという表現は、グレイ自身が言っているように北方の吟遊詩人から借りたものである。だがその織物は、他の神話において命の糸を紡ぐ技術として描かれているように女性の力によって織られたとすることが適切なのである。剽窃は常に危険を孕む。グレイは突拍子がなく矛盾を孕んだ創作をすることにより、理に叶わぬ吟遊詩人の織り手たちを登場させた。彼えらは縦糸を織り、横糸も織るために呼び出されているのだが、とてもそれは適切な手法とは思えない。なぜなら織物を織ったりするとき横糸と縦糸を交差させて織っていくからである。そして最初の行は「十分に場と縁を開けて【Give ample room and verge enough】」という悲惨な表現を対照的に用いるために相当痛い代償を払っている。この箇所がグレイの作品群においてここまでひどいものはないが。

第二部の第三連は、実際の出来異よりも過大に評価されていると考える。擬人法は不明瞭であり、渇きと飢えは類似したものでもない。イメージを完全にするために、それらの特徴が明確に区別されるべきであった。同じ連において、塔がどのように養われているのかが述べられている。だがこのような個別具体的な欠点をこれ以上挙げていくつもりはない。ただこの頌歌がもっとましな行為として締め括られるべきだったということは述べておきたい。自殺はいつも突発的な衝動により行われるものだ。

これらの頌歌はケバケバしい上品とはいえぬ装飾が多数添えられていて、読み手を喜ばせるというより驚かせる。イメージはわざとらしく拡大されていて、言語は何度も考え抜いた挙句拙いものとなっている。作者の精神にはどうも不自然な暴力性が随伴していたようである。「倍に、倍に、苦役し苦しめ」(『マクベス』)。どこか威厳を気取ろうとするところがグレイにあり、爪先立って歩くことによって自分を高く見せようとしている。彼の技巧と創作への奮闘ぶりはあまりに明け透けで、素朴さや自然な表現というのはあまりに少ない。

グレイの詩に何ら美がないというのは不当である。彼のような多大な学識と多大な労力を払う人間は、何かしら価値あるものを生み出す。彼の作品が最小限しか読み手に楽しみをもたらさないのなら、良き意図が誤った方向へと向かったからだとしか言えない。

彼による北方とウェールズの詩の翻訳は賞賛されるべきものである。原典にあったイメージは損なわれておらず、それどころかさらに優れたものになっていることがしばしばあるとも言えよう。だが言葉遣いは、他の詩人によるそれとは異なっている。

彼の『田舎の墓地の哀歌』については、一般読者の評価と同じ意見を嬉しく共にしたい。というのも繊細さの洗練や学識の独断性といった文学的な偏見によって堕落されていない読者の常識によって、詩人としての栄誉が決定されるものだからである。「墓地」のイメージはどの読み手にとっても思い浮かべられるものであり、またその情緒もどの読み手の心にも訴え響きをもたらすものである。「だがこれらの骨でさえ【Yet even these bones】」で始まる第四連は私にとって実に独創的なものと思える。このような発想はこの作品以外で見たことがない。それでもこの箇所を読む人は、いつもそのように感じてきたのだとつい思ってしまうのである。もしグレイがしばしばこのような表現をしてきたなら、非難することは無益だし、称賛することも無用なことだったに違いない。

エピロゴス

ソクラテス：「自伝」というものは自分の人生を自分で振り返りそれを書物に記すものだ。それに対して「伝記」というものは自分が他人の人生について調べ上げてその生涯を書物に記すものだ。違うかね？

マテーシス：いえ、その通りだと思います。

ソ：ではそのような違いのある「自伝」と「伝記」において、具体的な特徴、内容の質等においてどのような違いがあると思うかね。

マ：「自伝」の方は自分の人生は誰よりも自分がよく知っているわけですから他人の書く「伝記」よりもより精確な内容なのではないでしょうか。

ソ：確かに理屈上そうではあるだろう。だが、人間は案外自分のことを自分自身では分かっていないものだ。「自分は頭がいい」と思っている人間も側から見ればそんなことは全然ないというようなケースはざらにあるものだ。そしてあまり多くはないが、それとは逆のケースがあって「自分は頭が悪い」と思っていても実は頭がよかったりすることもある。結局そういうものは周囲との比較によって判断されるものであり、比較しないといいも悪いも分からないのだからね。自分の振る舞いが周囲にどのような感想を与えているのかはかなり分からないものだ。

マ：なるほど、確かにそうですね。

ソ：それに多くの人間は昔のことを振り返り、必要以上によかったり悪かったりするものとして捉えがちだ。それに自分をよく見せたいという気持ちは誰だってあるだろう。「自伝」を書き始めたのが仮に五十歳の時だとして、自分が二十歳や三十歳の頃、つまり二十年前であったり三十年前であったりするような出来事を譬え自分の身だとしてもそこまで正確に覚えていられるものだろうか。それだけでも相当な能力が要求されると思うがね。特に文章を書くことを生業としない者、芸人や政治家がそこまで正鵠を外さずに書き上げられるものだろうか？まあ、本人が精確に書いていこうとする意志があるのが大前提だがね。

マ：ということは、「自伝」よりも「伝記」の方がより客観的で優れているということなのでしょうか？

ソ：場合によってはそうだね、結局は「書き手次第」という結論に至るがね。「伝記」というのは言ってしまえば「歴史学」さ。歴史について探究していく場合、多数の文献を集め、読み、吟味し、そこから事実を紐解いていく。一般的な歴史は、国家や地域の大きな出来事を取り扱うマクロ的なものだが、「伝記」という歴史学は個人を取り扱うミクロ的なものだ。

マ：確かに言われてみればそうですね。

ソ：「自伝」の場合、基本判断者は一人しかいない。つまり書き手、自分自身だ。他方で「伝記」の場合、判断する者はその「伝記」を直接書く者だけに限定されない。「伝記」の対象人物について記す当人だけでなく、対象人物についての文献を書いた者も著者と言えるだろう。多数の文献を読みそれをまとめ新たな像を立てるのだから、間接的ながらそれらの文献を書いた者も「伝記」の間接的な著者となる。

マ：なるほど、確かにその通りですね。「自伝」であった場合、著者は基本一人しかいないものですが、「伝記」であった場合、著者はある意味複数いるのですから「自伝」のように判断が独断的にはなり難いということですね。例えるなら裁判において、複数の裁判官がいてその中の一人、裁判長が最終的な判断を下すという具合ですね。

ソ：そうだね。まあ「伝記」の執筆者がその「伝記」に誠実であることを条件とするがね。

マ：しかし、こうして話を伺っているとどうも「伝記」の方が信憑生に分があるように思えてならないのですが。

ソ：しかし「自伝」というのは当の本人が書いた、という絶対的な利点がある。歴史においては一次文献、二次文献、三次文献と資料批判しながらあたっていき、基本一次文献の方が当の事象に近く信頼される。ただいかに一次文献といえども、実際の事象に比べればやはり信頼されないものである。つまりこういうことだ。ある歴史の事象、まあ何でもいいが、そうだな「ペロポネソス戦争」にしよう、について研究しているものがいるとしよう。その人間が時空を遡り、そのペロポネソス戦争が起きている時代と国に戻ることができたらどうなるだろうか。つまりペロポネソス戦争を目の当たりにできるわけだ。その目の当たりにしたものは一次文献よりもさらに信頼性が高いと言えるのではないかね？

マ：まあそれはそうですね。

ソ：とはいうが戦争は国家規模のものであり、さらに敵国と味方国に分かれるわけだから、一個人がその時代にいても全てを目の当たりにし把握できるわけではない。ただ「自伝」であった場合、自分という存在を全て目の当たりにしている。当たり前だがやはりこの点は大きい。

マ：はい。

ソ：「自伝」と「伝記」のどちらがいいか、と聞かれれば最終的には執筆者の力量次第、という分かりやすいが平凡な答えになってしまう。ただどちらにせよ、それらの精確性を担保するには作者の純粋な力量以外にも必要とされるものがある。

マ：それは何でしょう？

ソ：さっきも言及したが誠実性、「真理」への強い欲求さ。「自伝」であった場合、自分を必要以上によく見せようとする欲は抑えなければならない。他方「伝記」でも対象人物に対する好き嫌いはできるだけ避け、いい面も悪い面も書いていかなければならない。「伝記」においても執筆者の見栄なるものがあって、金銭や業績等の自分の損得を意識してそれに応じて対象人物について都合のいいように書き上げたりする。本当に価値のある「自伝」や「伝記」というのは結局生涯を描いていく人物をありのままに描くことだから、対象人物の「真理」へと迫る「哲学」とも言えるね。その場合やはり「世俗」と「真理」の相剋は避けられなくなる。

訳者紹介
高橋 昌久（たかはし・まさひさ）
哲学者。
Twitter: @mathesisu

カバーデザイン　川端 美幸（かわばた・みゆき）
e-mail: bacxh0827.miyukinp@gmail.com

ミルトン伝・スウィフト伝

2025年1月23日　第1刷発行

著　者　　サミュエル・ジョンソン
訳　者　　高橋昌久
発行人　　大杉　剛
発行所　　株式会社 風詠社
〒553-0001　大阪市福島区海老江5-2-2 大拓ビル5-7階
TEL 06（6136）8657　https://fueisha.com/
発売元　　株式会社 星雲社（共同出版社・流通責任出版社）
〒112-0005　東京都文京区水道1-3-30
TEL 03（3868）3275
印刷・製本　小野高速印刷株式会社

ISBN978-4-434-34728-3 C0098

郵便はがき

料金受取人払郵便

大阪北局
承認

7000

差出有効期間
2026年10月
31日まで
(切手不要)

5538790

018

大阪市福島区海老江5-2-2-710

㈱風詠社

愛読者カード係 行

ふりがな お名前			大正 昭和 平成 令和 年生 歳		
ふりがな ご住所	□□□-□□□□			性別 男・女	
お電話 番号		ご職業			
E-mail					
書名					
お買上 書店	都道府県 市区郡	書店名	書店		
		ご購入日	年 月 日		

本書をお買い求めになった動機は?

1. 書店店頭で見て 2. インターネット書店で見て
3. 知人にすすめられて 4. ホームページを見て
5. 広告、記事(新聞、雑誌、ポスター等)を見て(新聞、雑誌名)

風詠社の本をお買い求めいただき誠にありがとうございます。
この愛読者カードは小社出版の企画等に役立たせていただきます。

本書についてのご意見、ご感想をお聞かせください。

①内容について

②カバー、タイトル、帯について

弊社、及び弊社刊行物に対するご意見、ご感想をお聞かせください。

最近読んでおもしろかった本やこれから読んでみたい本をお教えください。

ご自分でも出版してみたいというお気持ちはありますか。

ある　　ない　　内容・テーマ（　　　　　　　　）

出版についてのご相談（ご質問等）を希望されますか。

する　　しない

ご協力ありがとうございました。

※お客様の個人情報は、小社からの連絡のみに使用します。社外に提供することは一切ありません。